どちらかが彼女を殺した

谁杀了她

[日] 东野圭吾 著 袁斌 译

北京出版集团
北京十月文艺出版社

新经典文化股份有限公司
www.readinglife.com
出 品

谁杀了她

第一章

1

写到信纸第二页的一半，出了个错字。本想描上两笔改过来，却越描越糟。和泉园子皱起眉头，撕下信纸揉成一团，扔进纸篓。

再次动笔前，她重新看了一遍第一页。信上的言辞实在无法让她满意。于是她把第一页也撕下来，揉成一团扔向纸篓。这一次，纸团并没有落进纸篓，而是在墙上反弹一下，落到了地板上。

她伸开蜷在玻璃桌下的双腿，身体放低，伸出左手捡起纸团，再次扔向纸篓，可还是没扔进去，掉在了墙边。算了，管它呢。

园子坐起身子，目光再次投向信纸。她已经不想再继续写了。她此刻的心情根本无法转化成文字。

园子合上信纸簿，塞回书架，又把钢笔插回小丑造型的笔筒。一把小丑的帽子戴好，感觉就只是个陶瓷人偶，完全看不出是笔筒。

她瞥了一眼挂钟，拿起桌上的无绳电话，摁下那组她再熟悉不过的号码。

"你好，这里是和泉家。"话筒里传来哥哥冷冰冰的嗓音。

"喂，是我。"

"哦,是园子啊,"哥哥说,"你还好吧?"

每次打电话回家,哥哥都会这么问。园子也很想如往常那样回答"还好",可今天她实在是连说这句话的力气都没有了。

"嗯……老实说,感觉不大好。"

"怎么,感冒了?"

"不,不是生病。"

"……出什么事了吗?"说到一半,哥哥的声音已经开始透出紧张。园子完全想象得出,在电话另一头,哥哥一定正单手握着话筒,背脊挺得笔直。

"嗯,出了点事。"

"出什么事了?"

"说来话可就长了。不过别担心,不是什么大事。明天我想过去找你一趟。"

"行,这是你的家啊。"

"明天要是有时间,我就会回去。哥哥你明天上班?"

"不,轮不到我值班。到底出了什么事?你快告诉我吧。弄得人怪担心的。"

"抱歉,说了些奇怪的话,让你担心了。但到了明天,或许我就会打起点精神来了。"

"园子……"话筒里传出低低的沉吟声。

想到哥哥此时焦急的心情,园子不禁觉得有些对不起他。"说实话,"她小声说,"我被人背叛了。一个我一直很信任的人。"

"男的吗?"哥哥问。

园子不知道该怎么回答。"除了哥哥你,我再也不会相信任何人了。"

"到底怎么回事？"

"如果我死了，"园子稍稍提高嗓门，随后又压低声音继续说道，"或许对所有人都好。"

"喂！"

"开玩笑的。"园子故意笑了笑，"抱歉，又胡说八道了一通。"

哥哥沉默不语。他大概已经察觉，园子刚才的话根本就不是什么"玩笑"。"明天你一定要回来。"

"如果能回去的话，我会的。"

"说好了哦。"

"嗯，晚安。"

挂断电话，园子盯着无绳电话机呆呆地看了一阵。她总觉得哥哥会打过来，可电话铃迟迟没有响起。看来，哥哥对她的信任似乎超出了她的预想。

其实，我根本就没有你想象得那样坚强。园子冲着电话机喃喃自语。正因为并不坚强，才故意打了一通让哥哥担心的电话。真希望有人能够理解此刻自己心中的那份痛苦。

2

和泉园子和佃润一是在去年十月份相识的。两人邂逅的地点就在园子供职的公司附近。

园子供职于一家电子元件制造商在东京的分公司。公司在一栋高层写字楼里租下了十楼和十一楼，员工大约三百名。总公司在爱知县，但实质性的中枢部门正是东京分公司。

园子隶属于销售部。整个部门大约有五十名员工。算上园子，女员工总共十三人，其中大部分都比园子年轻。

午休时，园子独自一人去吃饭。自从和她一起进公司的那批人全都辞职走掉之后，她就很少和别人一起吃饭了。以前，年轻职员们经常来邀请她，但这种事如今再也没有了。年轻职员们似乎已经察觉到她喜欢独自一人。当然，这对她们而言是件好事，她们再也不必为她操心了。

园子不愿和那些年轻人一起吃饭，其实原因在于她的口味和其他人完全不同。她喜欢日式饭菜，哪怕只是早饭，也会首选米饭。然而那些年轻人大都喜欢西餐。她并不讨厌西餐，但若每天都吃，时间长了，自然会觉得有些腻。

这天，园子打算去一家荞麦面馆。之前，她在距离公司步行十分钟左右的地方发现了一家不错的面馆，那家的上等面汤和天妇罗荞麦面是她的最爱。出身爱知县的她原本是个乌冬面爱好者，但来到东京后，渐渐发现了荞麦面的美味之处。此外，或许是那家店开业还没多久的缘故，园子很少会在店里遇到熟人。这也是她喜欢光顾那里的原因之一，满脸堆笑地吃东西对园子而言异常痛苦。

走进面馆所在的那条小巷，园子看到路边有个年轻男子正在卖画。话虽如此，那男子其实只是坐在一把折叠椅上看杂志。他身后的高楼墙边靠着十几幅没有装裱的画。即便是园子这样的外行，也明白那些画可以划入油画的范畴。

男子看起来似乎比园子要小一些，大概二十四五岁，披着黑色人造革夹克，穿着膝头已经磨破了的牛仔裤。夹克里面是一件T恤。

他的脸色看起来不大好，而且就像以前的乐手一样瘦得厉害。园子走到他面前，他的目光也依旧没有从杂志上挪开。

园子看了看他身后的十几幅画。中间的那幅吸引了园子的目光。原因其实很简单：画里有只她最喜欢的小猫。至于如何鉴赏画作的质量，她根本一窍不通。

园子看了一会儿，当她把目光投向那个男子时，发现男子也正在看她。男子尖细的下巴上长着乱蓬蓬的胡须，表情看起来有些忧郁，但园子觉得他的目光中蕴含着一丝纯真。说不定，这位女顾客会看中自己的哪幅画作——男子向园子投来期待的目光。

园子有些犹豫，不知该不该对他的期待做出回应。其实也不必做太多，只需要问一句"这画多少钱"就足够了。

可正当她准备开口时，一个人影闯入她的视野。

"哟，和泉。"对方冲着她大声招呼道。

是井出股长，园子的上司。他两手塞在裤兜里，走了过来。他个头不高，脑袋却挺大，令他看起来越发矮小。

"你在这儿干吗呢？"井出问道，之后又看了看靠在墙上的画。

"我正要去那边的面馆吃饭。"园子回答。

"啊？你也知道那家面馆？其实，我刚听人说附近有家不错的面馆，正打算过去尝尝呢。"

"是吗？"

园子脸上赔着笑，心里却在想：这下子，又有一家喜欢的店不能再去了。

见井出迈步向前，园子不得不快步跟上。她回头看了看男子，只见他已经低头继续看起了杂志。他肯定把她当成一个来奚落他的客人了，这让园子觉得有些过意不去。

"你对绘画很感兴趣？"井出问。

"也不是。只不过觉得其中有一幅挺不错的，就多看了一眼。"话刚出口，园子不禁开始思考：自己为何要在他面前找这些借口呢？

井出对她给出的回答似乎并不关心。他点了点头，说："话说回来，真不知道那种家伙心里到底是怎么想的。"

"那种家伙？"

"就是那个卖画的年轻小伙子。或许他念过美术大学之类的，后来因为找不到工作才流落街头，可这也不是长久之计啊。有时候我还真想问问这些人，他们今后到底打算怎样呢？"

"大概就是打算以作画谋生了吧。"

井出闻言苦笑了一下。"能靠画画挣钱度日的人太少了。不，应该说是微乎其微。他不会是明知如此，还非要坚持不可吧？真是这样的话，那估计就是他脑袋有问题了。年纪轻轻不想着挣钱，却想去做什么艺术家，似乎有点逃避现实。"

听到上司这番话，园子并没有随声附和。她觉得井出根本就连一点艺术细胞都没有，却还大放厥词。片刻之后，她又开始为自己感到不值：我怎么这么命苦，非得和这种男人一起去吃午餐不可？

进了面馆，园子点了份鸭肉葱花面，因为最喜欢的天妇罗面被井出抢先点了。

井出一边吸溜着鼻涕一边吃面条，其间还不忘和园子天南地北瞎扯几句。说来说去，井出的话题都没离开结婚。自己的部门里竟然有女员工过了二十五岁还没结婚，这对股长来说简直是奇耻大辱。

"工作固然重要，但生儿育女也同样是一件人生大事啊。"仅仅吃一碗天妇罗面的时间，并出就至少说了三遍这句话。园子脸上一直堆着笑，这让她完全没品出面条的味道。

公司下班时间是五点二十分，加过一通班后离开办公楼时，已经七点多了。园子像往常一样走上通往车站的路，没走一半，她想起了一件事，随即拐进路边的小道。那正是通往中午那家面馆的路。

大概已经不在了。心里虽这么想，园子的脚步却依旧向着那年轻男子卖画的地方迈去。他还在那里，似乎已经准备收摊，正在收拾画作。

园子缓步走近。男子正在把画塞进两个大书包。那幅小猫的画大概已经收起来了，园子并未看到。

男子似乎觉察到身后有人，扭头看了看。他看起来有些意外，一瞬间睁大了眼睛，但随即转回头继续收拾。

园子做了个不易被人察觉的深呼吸，横下心来开口道："那幅小猫的画，你卖掉了？"

男子的手停了下来。可他还是什么也没说，很快又开始动手收拾。

他对我说的话置若罔闻——就在园子心里这样认定的时候，见男子从包里拿出一张画布。正是那幅小猫的画。

"我的画，还从来没有卖掉过呢。"男子一边把画递给园子一边说。他的语气似乎有些冷漠，却隐含着一种羞涩的感觉。

园子重新端详那幅画。或许是路灯灯光的缘故，那幅画给人的感觉与白天完全不同。一只褐色的小猫正抬着一条腿，舔舐自己的两腿之间。它用一条前腿支撑身体，避免摔倒，模样非常可爱。看着看着，园子的嘴角不禁露出一丝笑容。

她抬起头，目光与男子的交织到了一块。

"这画多少钱？"园子终于问出了那句白天没来得及问的话。

男子若有所思，沉默片刻后，依旧冷冰冰地说道："不必了，送给你了。"

园子没想到对方竟会如此回答，不由得睁大了眼睛。"为什么？这可不成。"

"没事的。刚才你在看这幅画的时候，脸上露出了笑容。只要有这一点，我就已经心满意足了。"

园子看看男子，又看了看那幅画，随后再次望向男子。"是吗？"

"在画这幅画时，我就想好了。如果有谁在看到这幅画时露出笑容，我就把画送给那个人。"说着，男子又从包里拿出一个白色的大袋子，"你把画装到袋子里拿回去吧。"

"真的送我了？"

"嗯。"

"谢谢，那我就不客气了。"

男子笑着点了点头。他把所有画都装进两个包，一个挂在左肩上，另一个用右手提着，站起身来。他收拾东西时，园子一直默默地看着，寻找插话的时机。

"那个……"最后，她终于鼓起勇气说道，"你饿不饿？"

男子滑稽地摁了摁肚子。"都饿扁了。"

"那，一起去吃点东西吧。我请客，就当是你送我画的谢礼好了。"

"我画的画，根本就连一碗拉面钱都不值的。"

"可我就画不出来啊。"

"或许你不会画画，但你有其他能够派上用场的本事。正因如此，你才能到那家面馆吃午饭。"说着，男子指了指那家荞麦面馆。

"真是的,你都看到了?"

"那家面馆可不便宜。我饿的时候曾经进去过一次,但一看标价就打消了念头。"

"那我就请你吃碗荞麦面吧?"

听园子这么说,男子略一思考,说道:"我想吃意大利面。"

"OK。我知道一家店,那里的味道还不错。"园子回答。幸好她也和那些年轻职员一起去过意大利餐厅。

两人在铺有格纹棉桌布的桌子旁相对而坐。

菜品基本上都是园子决定的。她点了几道海鲜类的前菜,主菜则选了蒸鲈鱼。她问男子要不要来点葡萄酒,男子略一考虑,说了句"夏布利"。他居然说出了葡萄酒的品名,让园子大吃一惊。

男子自称叫佃润一。正如井出股长的推测,他没有固定工作。但原因和井出的猜想不同。他说自己是为了留出时间作画,才没去找工作。眼下,他偶尔会到大学时代的学长开的设计事务所里帮帮忙,挣点生活费。

"我从没奢望过有谁用画框装起我的画,挂到带暖炉的房间里。我只希望大家能喜欢我的画,把我的画用到娱乐上。比如印到T恤上。"

"或者说,看到你画的小猫,能会心一笑?"

"对。"润一用餐叉卷起意大利面,微微一笑。可突然间,他似乎又想到什么,收回了笑容。"但这一切,根本就只是遥不可及的梦。"

"怎么回事?"

"时限将至。"

"时限?"

"我和人约好，如果毕业三年后还闯不出什么名堂，就得乖乖地去找工作。"

"和谁？"

润一耸了耸肩。"和家里。"

"哦。"园子点了点头，"也就是说，从明年四月起你就得找个公司待着了？"

"差不多吧。"

"你打算放弃画画？"

"我想坚持，但估计撑不下去了。所以在和梦想告别之前，我想把之前自己画的画全都卖掉。结果连一张也没卖出去。"

"你要去什么样的公司？"

"一家很无聊的公司。"说着，润一咕嘟一声喝了一大口葡萄酒，随即话题一转，反过来询问园子在哪家公司上班。

听园子说出公司的名字，润一露出一丝意外的表情。"是一家电子元件制造商吧？我觉得你还是更适合到编订学校教材之类的公司工作。"

"我听你这话似乎不像是在夸我啊。"

"既没夸你，也没损你。你在公司里负责什么？"

"销售。"

"哦。"润一稍稍歪了歪头，"我还以为你是会计。"

"为什么？"

"感觉。我对公司里都有什么部门一窍不通。一说是女的，就会猜测对方应该是会计。那些推理小说里不都是这样吗？"

"你喜欢看推理小说啊？"

"谈不上喜欢,偶尔看看。"

两人你一言我一语,聊个不停。园子心里涌起一种不可思议的感觉。她从未在吃饭时和谁聊得这么开心。而且她一直觉得自己是个不大爱说话的人,可在润一面前,她却感觉自己变得很健谈。

这顿饭足足吃了两个小时。园子已经很久没有这样悠闲地吃晚饭了。

"你这样盛情款待,我都有点不好意思了。"走出店外,润一说道,"我其实只是想吃份意大利面。"

"没事的,我也想吃点好的补一补呢。"

园子思索着接下来该怎么办。她不想就这么让润一走。尽管聊了很久,她却一直没有开口问过润一的联系方式,也没有把自己的联系方式留给对方。

园子一边和润一并肩走一边告诫自己:站在润一的角度上,他根本就没必要和自己有更多的来往。更何况自己的年纪比他还要大。至于请客吃饭,那是自己擅自做出的决定,也可以当成是那幅画的代价。人生得意须尽欢,又何必给自己添堵呢?对于每天都过着乏味日子的自己来说,这样的时光未尝不是一种调剂。

到了车站,润一也一直在说些无关紧要的事,根本没向园子询问联系方式。没过多久,园子要乘的车来了。

润一轻轻抬手,目送园子上车。车里也有和园子年纪相仿的女子。看到她们,园子心中不由得萌生出自豪的感觉。

与佃润一邂逅四天后,园子依旧满脑子都是他的身影。这让园子惊讶不已。

今后估计再也不会有这样的邂逅了。近来,园子总抱有这样的想法。她早已预想过,或许自己这辈子都不会有什么戏剧性的恋爱,只是经过熟人介绍,与相亲对象相互妥协,最后结婚。有时她会觉得,其实这样也没什么不好。她认识的很多夫妇都是这样走到一起的,而她自己也从未把这种事看成一种不幸。她知道绝大多数人此生都注定与电视剧里那种轰轰烈烈的爱情无缘。经过分析,她觉得自己应该也不例外。

明明如此——

佃润一的身影始终占据着园子的心,甚至让她无法集中精神工作。与他的邂逅确实就像是一剂清凉药,但后续作用却是园子始料未及的。

午休时间,园子朝那家面馆走去。

在那天之后,这还是她第一次去那家面馆。其实园子早就想去,却一直忍着,只因为她觉得润一心里未必还惦记着自己。她不喜欢扮演自作多情的角色。

就算润一在,自己也应该表现得稍微矜持一些,还是先远远地冲他笑笑吧。园子早已打定主意。如果他招呼自己,再走过去也不迟。

可那地方却没有佃润一的身影,而是堆放着数个装满垃圾的半透明塑料袋。那里原本就是堆垃圾的地方。园子一边向面馆走去,一边扫视周围。到处都没有润一的身影。怀着一颗失望的心,园子走进面馆。

可是——

就在园子低头吃天妇罗面时,对面有人坐了下来。这家面馆中午人很多,对面坐着其他客人也很正常。园子本来也没留意,可听到对面的人说了句"来碗天妇罗面",她不由得抬起了头。润一正隔着桌子朝她微笑。

"吓了我一跳。"园子说,"刚进来?"

"对。但这可不是什么巧遇,我是看着你走进来的。"

"你在哪儿看到的?我还找了你一圈呢。"话一出口,园子才意识到不该这么说。但润一并没有太在意。

"我就在对面的咖啡馆里。工作途中顺道去坐了一会儿。我的直觉还真是挺准的,之前我就觉得和泉你今天可能会出现。"

知道润一在等自己,园子不禁有些飘飘然。"你找我有事?"

"嗯,我有东西要给你。"

"什么东西?"

"这可就得等吃完面后再告诉你了。"看着刚端上来的面条,润一拆开了一次性筷子。

走出店门,润一从一个侧面写着"计划美术"字样的大运动包里拿出一张画布。打开一看,上面的画和前几天的小猫画很相似。

"我想把它送给你。"

"为什么?"

"上次那幅画连我自己都觉得不满意。后来我一直在想到底是哪里没有画好。找到答案后,我就重新画了一幅。既然动手画下来了,那还是把这张好些的给你吧。"

园子又仔细看了看那幅画,的确感觉和之前那幅稍有不同。至于眼下这幅好在哪里,园子根本看不出来。

"那,上次那幅怎么办呢?"

上次的那幅画早已被园子挂在房间里了。

"扔掉好了。挂两幅一样的画也没什么意义，而且之前的那幅还很失败。"

"两幅画我都会挂上的。反正墙上还有地方。"

"这样挂你不觉得奇怪？"

"没事的，我喜欢猫。"

"哦？"

随后，两人很自然地约好下班后见。这次是润一主动提出的。园子有种心有灵犀的感觉。

晚上，两人在烤串店里一边喝酒一边吃晚饭。酒一喝多，润一的话也多了，不停抱怨在日本靠艺术谋生就像犯罪。园子也喝得有些发晕，迷迷糊糊之间，她也感觉到润一似乎还在为放弃梦想而心有不甘。

园子提议，下次要让润一尝尝她亲手做的菜。因为润一说他最近几个月一直都在外边吃饭，要不就是在便利店买便当吃。

"那我可就当真了哦。"润一说。

"我本来就是认真的。"园子边回答边想：你是不是认真的呢？

之后，润一把住处的电话号码告诉了园子。园子则拿出名片，在背面写上家里的电话，递给了润一。

两人间的约定在一周后成为现实。润一带着一瓶冰镇香槟来到园子位于练马的公寓。尽管不是很拿手，园子还是做了一顿西餐，款待了润一一番。

那天夜里，两人一同躺到了那张小小的床上。

3

和润一认识三个月后，园子去了一趟润一的家。她去的并非是润一独居的公寓，而是润一的父母家。润一的父母家位于等等力的高级住宅区，是一栋气派的西式住宅，从大门到玄关的距离很远。

"怎么回事？"

下了出租车，站在院门前，园子问润一。

润一面带羞涩的笑容说出了事情原委。他父亲是一家大型出版社的社长，而他将从今年春天起到父亲的公司工作。另外，他是家里的长子。这一切园子都是第一次听说，甚至从未想到过。

"你以前为什么要瞒着我？"园子责问道。润一曾告诉园子，他家经营着一家小书店。

"其实我也不想瞒你，可总找不到坦陈的机会。"

"那你昨天也该先知会我一声啊。"园子留意起了自己的着装。来这里之前，她还特意挑了套比较朴素的衣服。"你看看，我还穿成这副模样。"

"没事，我家本来就是平民出身。"

看到园子还在犹豫不决，润一轻轻推了推她的后背。

正如润一所说，他的父母身上的确有很浓的平民气息，但这也可以看成是他们对此游刃有余。不管是润一父亲巧妙的言辞，还是润一母亲洗练的身形，园子都从未接触过。

但在与他们相处时，园子并没有因他们的态度而感到丝毫憋闷。

相反，这样的环境让她很舒心。她不禁开始浮想联翩，描绘起自己今后在这里度过的人生。

园子父母双亡的事实似乎并没有令润一的父母感到失望。比起这事来，他们更在意园子的哥哥究竟是从事什么工作的。

听园子说她哥哥是个警察，润一的父母露出放心的表情。

"这饭碗比较牢。"润一的父亲笑着和妻子相视点头。看到这样的情景，园子感觉他们虽然表面上看起来很平民化，但也有自己的原则。她开始在心底感谢起那个"捧铁饭碗"的哥哥。

这天，几个人并没有聊起将来，即有关结婚的具体事宜。或许是因为眼下润一还没有正式上班，众人才对这个话题感到犹豫。但在园子看来，只要能够见到润一的父母，她就已经心满意足了。

仔细想想，园子有些后悔。或许她应该立刻让润一去见哥哥。如果是哥哥，就会让润一做出承诺，如此一来，之后的情况也许会截然不同。

可园子当时给润一介绍的人并不是哥哥。

对园子来说，弓场佳世子是唯一一个能让自己敞开心扉的朋友。两人在高中时就相识了。换言之，佳世子和园子一样来自爱知县。在高一和高三时，两人还曾是同班同学。

两人间的关系进一步加深是在念大学的时候。她们一起考进了东京某大学的同一个系。

孤身一人远走他乡，能在学校里找到来自同一个高中的老乡，自然会让人顿时觉得有了依靠。那些在来到东京后认识的朋友面前羞于启齿的问题，两人也能毫无顾忌地互相询问。

"对了,你知道忠犬八公在哪儿吗?"

这是佳世子在第一次约会前一天向园子提出的问题。那里是佳世子和对方约好见面的地方。佳世子向园子坦承,说她听到对方指定在那里碰面时,实在不好意思说自己不知道是在什么地方。

园子完全能够理解佳世子的心情。她曾听说过忠犬八公,但至于具体地点也不大清楚。这样的事确实难以开口询问。无奈之下,两人只好跑去买了些东京的地理类杂志,仔细查找八公的准确位置。

然而,在念大学的四年时间里,佳世子改变了不少。刚入学的时候,两人在学校里都毫不起眼。可是没多久,佳世子的外表就开始改变。不光是着装,就连妆容也开始变得艳丽。两人毕业的那所高中校规很严,但眼下,当年的校规似乎开始显现出反作用。虽然园子也感觉自己出落得更漂亮、更成熟了,但只要看看佳世子,她就会感觉自己的人生是那么朴素。

两人一起逛街的时候,佳世子常常为园子挑选衣服。她曾帮园子挑了一套衣服,感觉和《风月俏佳人》中朱莉娅·罗伯茨穿的那身很像,但园子从来没穿过。她觉得自己穿上那套衣服只有滑稽可言。

可这样的套装穿在佳世子身上,不光合身,还会为她平添一种英姿飒爽的感觉。佳世子比园子还矮,长相也算不上出众,但只要穿上这样的衣服,她就会变得自信满满,全身上下泛着女明星一般的光芒。

"化妆固然重要,但一身好衣服更重要。"佳世子平日总喜欢把这话挂在嘴边,"穿上合适的衣服,脸颊就会收紧,有时甚至还会收缩一厘米。真的哦。"

佳世子向来持有一种观点:外貌的变化会带动内在的改变。

大学时光匆匆逝去，转眼间，两人都已经到了必须考虑前程的时候。她们俩都丝毫没有回爱知县的打算。尤其是佳世子，她已经给自己下了死命令："无论如何都要杀进传媒界！"

凭借舅舅的关系，园子进了如今这家总部设在爱知县的公司。佳世子一直认为这类公司"土得掉渣"，可如今这世道，没有关系是根本进不了公司的。

到头来，佳世子也放弃了传媒界，进了一家小小的保险公司，而且听说也是亲戚介绍的。看看如今无法就业的女大学生比比皆是，两人可以说运气已经很好。

这都是几年前的往事了。时至今日，园子和佳世子都依旧独身。若有了结婚对象，一定要通知对方。这是两人之间的约定。

也正是因为这约定，园子才把润一介绍给了佳世子。

七月的一个周六傍晚，逛完街后，园子和佳世子来到新宿一家宾馆的大厅里，等待因工作来到附近的润一。

有关润一的情况，园子已经大致对佳世子说过。听说那个看似穷得叮当响的美术生其实是个名门子弟，佳世子并没有表现出半点羡慕，相反，她一脸不以为然。

没过多久，润一出现了。干练的发型和合身的西装衬得他愈发帅气。

"我经常听园子提起弓场小姐你。"润一冲佳世子微微一笑。

"园子都说了什么？"佳世子的目光在园子和润一的脸上来回游弋。

"她告诉我，你是个绝世美女。"

"啊？她是在跟你开玩笑，真是的。"佳世子瞪了园子一眼，又面带羞涩地看了看润一。

"但你的确比我想象得要漂亮许多啊。"

"你就别再夸我啦。你们俩这是合伙挖苦我呢吧。"佳世子用手帕在脸前扇了扇。

随后,三个人在餐厅吃了饭,又到鸡尾酒酒吧稍稍喝了些酒,园子和润一便与佳世子道别了。润一把园子送回公寓。在路上,润一不止一次地说佳世子是个"不错的女人"。这就是他对佳世子的评价。

"她身上有种奇妙的魔力。即便站在混杂的人群中,也能一眼就认出她来。这就是所谓的'光彩照人'吧。坐在餐厅里时,有好几个男的偷看她。那样的人真该到演艺圈里闯荡一番。"

"上学的时候,她也曾有过类似的梦想,甚至还参加过试镜。"

"哦?最后还是失败了?"

"听说最后功亏一篑了。"

"这事的确不简单。真没想到,像她那样的人如今居然还是独身。她没有男朋友?"

"眼下应该是没有。据她说,她公司里就没哪个男的能让她看上眼的。"

"她是在保险公司上班吧?"

"对。要买保险的话,就跟她联系吧。"

园子对这天的成果感到很满意。润一对佳世子的印象并不差。园子已经拿定主意,要和佳世子做一辈子的朋友,所以一直担心自己未来的丈夫会与佳世子性格相左。

然而,园子万万没想到,这天的相遇竟然招致了一场灭顶之灾。

4

很久之前就有人说过和泉园子性格沉稳。但其中很大一部分原因都来自她的外表。园子绝对算不上胖，脸形却引发了视觉上的错觉，以致很多人都评价她"胖乎乎挺可爱"的。而在日本人的观念中，这种类型的女性似乎都性格沉稳。

园子也觉得自己的性格可谓沉稳，但也知道自己身上还有很多完全相反的特质：神经质、胆小，嫉妒心却比任何人都强。这样的性格有时甚至连园子自己都觉得讨厌。园子觉得，即便自己真是性格沉稳，也不会对最近一两个月里润一的变化毫无觉察。他态度上的转变是如此明显。

首先，两人约会的次数明显减少。润一说他工作太忙，但若换成以前，即便园子白天告诉润一今天没时间，润一也会在夜里忽然跑来找她。

电话也变少了。最近一段时间，润一几乎不会主动打电话给园子，都是园子打给他。润一也敷衍着聊两句，却绝不会主动提出新话题，就像在极力避免和园子长时间通话一样。

园子开始感觉到，不祥的脚步声正渐渐接近自己。她想弄明白润一究竟遇上了什么事。

但她故意不闻不问。在她看来，如果开口质问，就相当于拆掉一栋濒临倒塌的房子的支柱。她的心里还抱着一丝幻想，觉得只要过上一段时间,即将倒塌的房子或许就会重新变得坚固。

事与愿违。到了最后,园子才发现自己当初的想法是多么天真。

事情发生在这个星期一。

润一给园子的公司打电话。这样的事已经很久没有过了。润一问晚上能不能去园子的住处。

"当然可以。那我就做好饭等你吧。"

"不用,我吃过饭再过去。我已经约了人吃饭了。"

"那,我准备些酒?"

"不好意思,去过你那里后,我还得回公司一趟……"

"这样啊……"

"那晚上见。"说完,润一挂断了电话。

晚上就能见到润一了,但园子丝毫开心不起来。相反,畏惧的情绪彻底占据了她的内心。她很清楚,润一这次来,必定会宣布一些令她绝望的事。可她无法逃避,只能静静地在屋里等待润一。内心的不安让她连饭都难以下咽。

没过多久,润一来了。他走进屋里,甚至连领带也没有松一下,也没有碰园子端上来的咖啡。

润一表情僵硬地告诉园子,希望园子忘了他。这正是园子预想的最糟的结局。

"为什么?"园子问。

"我喜欢上其他女人了。"润一答道。

"谁?是什么人?"园子接着问。润一没有回答。这样的反应让园子觉得事情有些不大对劲,她哭着继续责问。

或许是觉得再继续瞒下去也不是办法，事情终究得有个了断，润一最终说出了对方的名字。完全超乎园子的预想。事情如此出人意料，以至于园子最初完全没弄明白润一说的是谁。

"不会吧？"园子说，"怎么可能会是佳世子？"

"对不起。"润一垂下头。

5

每次回想起那天夜里发生的事，园子都会伤心欲绝。她边哭喊边捶打润一，愤怒，发呆，然后再次哭泣不止。恍惚与混乱中，她也曾破口大骂佳世子。她完全回想不起自己当时的模样，也想不起自己都说过什么，唯一记得的就是曾说过"我不会放弃的"，还说"我一定要让你回到我身边"。她眼中只模糊地留下润一一脸悲伤地俯视她的情形。

如今，事情已经过去了好几天。

如此短暂的时间无法让内心的创伤痊愈，但园子已稍稍冷静了一些。她打算回老家一趟。此刻的她只盼着能够见一见哥哥。

"如果我死了，或许对所有人都好。"

听到这样的话，哥哥必定会吃惊不已。园子只觉得自己很可悲，很可怜。但这是她的真实想法。

润一和佳世子中的一个……

园子脑中充斥着不祥的空想。她想，如果他们两人中的一个能动手杀了她就好了。

就在这时，玄关的门铃响了。

第二章

1

十二月第一周的星期一,和泉康正驾驶爱车从用贺出口驶出东名高速公路,随后进入环状八号线,一路向北驶去。临近年末,道路被大型卡车和商用车堵得水泄不通。如果知道哪里有小路,或许还能设法避开眼前的拥堵,但康正对东京的地理一窍不通。要是随便找条路胡乱开进去,弄不好还会迷路。这样的傻事最好还是能免则免。

果然还是该坐新干线过来。他脑中再次闪过这样的念头。可每次他都会立刻否决。如今他对事情的状况一无所知,说不定什么时候就会用到车。

康正盯着货运卡车的车尾,打开车载收音机。即便是FM波段,也有无数节目。康正不由得再次为东京的繁华而惊叹。他平日住在爱知县的名古屋。

这次到东京来是他临时决定的。说得准确些,是在今天清晨。

一切源于上周五妹妹园子打来的电话。妹妹念了东京的女子大学,毕业后留在东京,在某电子元件制造商的东京分公司上班。兄妹俩一年间只能见上一面。三年前母亲病逝后，兄妹间见面的次数就更少了。而康正的父亲则早在康正兄妹年幼时就因脑溢血亡故了。

但兄妹俩毕竟是彼此在世间唯一的近亲，即便没有机会见面，联系也从未间断。尤其是园子，经常主动打电话给哥哥。每次打电话都没有什么值得一提的大事。大多数时候都只是一句"有没有按时吃饭"之类的话。妹妹打电话来并非因为寂寞，更多的时候，恐怕是觉得哥哥一定很想念自己。康正很清楚这一点。妹妹她就是这样一个体贴的人。

然而，上周五妹妹打来的电话似乎与平常有些不同。以前，每次康正问起是否还好，园子都会回答"还行"，可这一次，园子的话让康正有些担心。

"嗯……老实说，感觉不大好。"当时，园子的声音听起来有些慵懒，感觉就像鼻子不通气一样。

可是直到最后，园子也没有告诉康正到底发生了什么。而且最后，她还说了一句让康正大吃一惊的话。

"如果我死了……或许对所有人都好。"

尽管园子立刻说自己在开玩笑，但这绝对只是在宽慰康正。她一定是遇上什么事了。

在说这句话之前，园子还说她被一直信任的人背叛了。

第二天是周六，不用上班，康正一直在家等着园子回来。康正早已打定主意，等园子回来后，要带她去吃一顿寿司。这已经成了她每次回家时的惯例。

可是园子终究没有回来。

下午三点时，康正往园子的公寓打电话，但没人接。康正以为她已经出发，可从傍晚等到深夜，园子一直没有出现。

周日早晨到周一早晨，也就是到今早，这段时间是康正的出勤时间。他的工作就是这么特殊。上班时，康正不止一次往家里打电话。园子有家里的钥匙，即便康正不在家，她也应该能进屋。可没人接电话，答录机里也没有园子留下的讯息。康正又往东京打了电话，还是没能听到妹妹的声音。

康正实在猜不出妹妹到底去哪儿了。他曾听说园子的高中同学也在东京独自生活，却并不知道那个同学的联系方式。

当班的夜里，康正一直心不在焉。幸好那天夜里没有特别重要的工作。天亮后，康正决定去东京。内心的不安已经膨胀到无以复加的地步。

下班后，康正在家小睡了两个小时，随后给园子的公司打了个电话。股长的话令康正心中的不安再次膨胀起来——园子今天没来上班，也没联系过公司。

康正连忙收拾行李，跳上车子驶离住处。尽管刚下夜班，但行驶在东名高速公路上的时候，康正没有丝毫倦意。不，应该说他已经根本无暇再顾及其他了。

开了一个多小时，康正终于驶离环状八号线，到达目的地——练马区目白路的入口附近。

园子住的公寓是一栋贴有淡米色瓷砖的四层小楼。康正曾来过一次。小楼看起来似乎还不错，但内部很粗糙。康正当时一眼就看穿了这一点，劝园子别再租这种便宜公寓，应该拿出钱买套好房子。园子闻言，只是微微一笑，甚至连头都没点一下，只说想把钱用在该用的地方。康正很清楚，妹妹是个脾气很倔的人。

公寓的一楼有几间店面，但近来经济不景气，店面全都拉上了卷帘门，门外还贴着招租的纸条。康正在店面前停下车，从旁边的入口走进楼里。

康正先检查了一下信箱。二一五号是园子的信箱，正如康正所料，信箱里已经塞满了近三天的报纸。康正心头不祥的预感越来越浓。

时值正午，或许因为公寓里的住户大都单身，整栋楼鸦雀无声。在走向二楼园子住所的路上，康正并没有遇到任何人。

康正先试着摁响门铃，但始终无人应门。他又试着敲了两三下房门，结果一样。完全感觉不到屋里有人。

康正摸了摸衣兜，拿出钥匙。这是他上次来时园子交给他保管的。房东给了园子两把钥匙。父母去世后，兄妹俩曾经约定，在各自成家前要给对方一把自己住处的钥匙。把钥匙插进锁眼的瞬间，康正感到一阵静电从指尖划过。

打开门锁，康正转动把手。就在拉开房门时，他感到一阵疾风吹过内心。真是不祥的风！他咽了口唾沫，做好了某种心理准备。如果有人问他到底在设想什么，做好了怎样的心理准备，他也无法回答，但总而言之，他此时已经做好了和工作时赶赴现场时一样的准备。

园子住的是带独立厨卫的一室一厅。进门后首先是客厅兼厨房，向里则是卧室。一眼瞥去，客厅里并无异状。客厅和卧室间的拉门紧闭。

玄关处并排放着一双深褐色浅口鞋和一双天蓝色凉鞋。康正脱下鞋走进去。屋里空气冰凉，至少今早应该没开过暖气，而且连一盏灯都没开。

饭桌上有个小盘子，里边似乎烧过纸之类的东西，还残留着黑色的灰烬。但康正管不了那么多，拉开了卧室的拉门。

向卧室里一看，他立刻全身僵硬，无法呼吸。

卧室约六叠①大，床靠墙摆放。园子闭着双眼，静静地躺在床上。

康正怔怔地站在拉门旁，全身僵硬，脑中瞬间变得一片空白，随后，各种各样的猜测与想法如同人群纷至沓来的脚步声一样向他耳畔涌来。他完全无法理清内心的思绪，只能呆呆地站在原地。

过了好一阵，他才缓缓迈出脚步。"园子！"他轻轻唤了一声。但妹妹毫无反应。

毫无疑问，园子已经死了。由于工作的缘故，康正见过的尸体比普通人多得多。只要看看肌肤的色泽和弹性，他就能判断出是否还有生命迹象。

园子盖着一条碎花毯子，毯子上沿拉到胸口处。康正轻轻掀开，不由得再次倒吸一口凉气。

园子身旁放着一个计时开关。康正曾见过这东西，是妹妹从名古屋的家里带来的。开关一眼看上去像闹钟，但它接有电源线，数字表盘旁边还有两个插座口，一边写着"ON"，另一边写着"OFF"。只要一到设定好的时间，"ON"的插座口就会开始通电，而"OFF"的插座口则会切断之前通过的电流。

眼下，"ON"的插座口正在使用，但插头后边的电线却在中途分成两股，伸进了园子身上的睡衣。

---

①日本房间面积单位，1叠约合1.62平方米。

康正看了看计时器设定的时间，是一点。因为计时器用的是老式表盘，康正无法判断到底是中午一点还是凌晨一点。

康正并没解开妹妹的睡衣，但他完全可以猜到那两根电线是怎样连接的。两根线中的一根贴在胸前，另一根贴在背后。时间一到，电流就会穿过心脏，让园子瞬间身亡。康正拔下计时器的电源，之前还在转动的时针停在了四点五十分。这正是目前的时间。

康正蹲下身，轻轻握住园子的右手。她的手冰凉僵硬。上个星期五还存在的水嫩的弹力已经彻底消失。

悲伤如同黑色的阴云一样渐渐扩张，占据了康正的内心。如果让它再蔓延下去，说不定何时，康正就会两腿一软，瘫倒在地。他本想放声哭泣，但必须尽快采取行动的念头让他克制住悲愤。这与他的工作性质不无关联。

首先该做的就是报警。康正环视房间，四处寻找电话。

除了床，屋里还放着衣柜、电视和书架，但没有梳妆台。仔细一看，康正才发现妹妹的化妆品全都堆放在书架的中间一层，下边一层则放着各种文具，如透明胶和宽胶带。一个小丑模样的陶瓷人偶脸上带着令人毛骨悚然的笑容。

床边放着一张小桌子。桌上有一个盛着半杯白葡萄酒的高脚酒杯，酒杯旁有两个空药袋，大概是装安眠药用的。园子正是就着葡萄酒吃下了安眠药的吧。除此之外，桌上还有一支笔记本附带的细铅笔和一本带小猫照片的日历。

无绳电话的分机滚落在桌脚边。康正弯腰去捡，却忽然停下手。他看到分机旁还掉落了一样东西。

是葡萄酒瓶的软木塞，上面还插着螺旋式开瓶器。

不对劲啊!

康正怔怔地盯着瓶塞看了一会儿,之后起身走进厨房,打开冰箱。

三个鸡蛋,盒装牛奶,烤鲑鱼切片,人造黄油,通心面色拉,还有用保鲜膜罩住的米饭,但没有康正想找的东西。

他转身看了看厨房。水池中放着另一个高脚酒杯。他本想去拿,但还是先收回手,从衣服口袋里掏出手帕,包住手指,之后再次伸手,端过酒杯闻了闻。

酒杯里没有任何酒香。至少,康正没有闻到葡萄酒的气味。

接着,他往酒杯里吹了口气,拿到日光灯下看了一眼。酒杯上也没有留下任何指纹。

把酒杯放回原位时,另一样东西吸引了他的目光。那东西就放在水池边的操作台上,长度大约有一厘米,似乎是什么东西削过后留下的碎屑。他大致数了一下,大概有十多片。

康正一时没弄明白是什么东西,盯着看了一会儿。突然间,他想到了一种可能,随即捏起其中较大的一片,回到卧室,和连接园子身体与计时器的电线进行对比。

不出所料,碎屑与包裹电线的塑料完全一样。要使人触电,就必须将电线一端的塑料削去,让导线裸露出来。这些碎屑似乎就是在剥线时留下的。

可为什么要把电线拿到厨房操作台去弄呢?

康正回到厨房找垃圾桶在哪里。饭桌边倒是放着一个玫瑰花纹的小垃圾桶,可里边什么东西都没有。房间角落里还放着两个大塑料垃圾桶,似乎是为区分可燃垃圾和不可燃垃圾准备的。

刚才康正四处寻找的东西就在装不可燃垃圾的那个桶里。那是一个德国葡萄酒的空瓶。他用手帕包住手，拿起酒瓶，检查瓶里是否还有酒。瓶子已经空了，但瓶身上沾着若干指纹。

除此之外，这个垃圾桶里还有一个玻璃瓶，是国产苹果汁的瓶子。这种饮料里并不含酒精。

把两个空瓶放回原处后，康正起身再次来到水池边，环视周围。沥水用的餐具篮里插着一把菜刀。他再次掏出手帕，拿起菜刀。

他将刀刃朝下，看到菜刀右侧附有刚才发现的那种塑料碎屑。原来如此。康正终于明白了。估计有人用这把菜刀剥开了电线，操作台上才会留有碎屑。

他清理掉碎屑，把菜刀放回沥水篮，做了个深呼吸。

他觉得全身血液开始沸腾。一种与刚才发现园子已死时完全不同的感情开始支配他的身体。尽管如此，他的头脑却依旧冷静得让人不可思议。

他站在原地，开始整理思绪，冷静地思考接下来该做的事。他必须在短时间内理清头绪，拿定主意，下定决心。这必须要有足够的勇气才行。因为一旦走出一步，就再也无法回头。

但康正并未犹豫，立刻就下定了决心。在他看来，自己的想法是理所当然的。

整理好想法后，康正叹了口气，看了看表。现在是下午五点，他必须抓紧时间。

他穿上鞋，从门镜向外窥视，随后打开门，飞快地溜到门外，脚步匆匆地离开了公寓。

走出公寓后，他再次环视四周。大约一百米开外有一家便利店。他竖起夹克的领子，挡住脸，朝便利店走去。

买了两台带闪光灯的一次性相机、一副薄手套和一包塑料袋后，康正回到公寓前。看到自己的车，他脑中忽然闪现出一个念头。他打开后备厢，那里胡乱丢着棒球手套和球棒。他是单位里业余棒球队的王牌。

他从后备厢深处拖出一个大工具箱，打开盖子。工具箱是双层的，下层放着一把大金属钳。康正拿出金属钳，关上后备厢。

再次来到园子的住所前，确认周围没人后，康正轻轻把门拉开一条缝，闪身进了屋。这时，他听到一声轻微的金属声，似乎是从门上的信箱里传出的。康正曾听园子说过，一般的报纸和邮件只会投递到一楼的信箱，但如果是快递，就会送进房门上的信箱里。

康正打开信箱，发现里边放着一把钥匙。他拿出钥匙，略加端详，又和自己刚才开门用的钥匙对比了一下。钥匙的匙纹完全一样，但信箱里的那把应该不是园子从房东那里拿来的，估计是她后来找锁匠另外配的。康正把钥匙塞进夹克胸前带有拉链的口袋。就目前的情况来看，他还无法就这把钥匙做出任何判断，但他觉得最好还是先别让警方知道这把钥匙的存在。

接着，康正转身拴上了门链。仔细回想一下，刚到这里时，房门并没有拴门链。这一点不由得勾起了他内心的疑虑。他很了解妹妹，妹妹关门时必定会拴门链，这样的习惯应该不会因自杀而改变。他边这么想边用金属钳从中间切断了门链。

康正把金属钳和一次性相机随手放到玄关旁的鞋柜上，戴上手套，左手拿起一个刚买的塑料袋。他将要采取的行动绝对不能让警方有丝毫觉察。

他脱下鞋，在厨房里伏下身，把下巴贴到地板上，一边寻找蛛丝马迹一边缓缓爬动。对于这种跟爬行动物一样的行动方式，他早就习以为常了。

在客厅的地板上，康正发现了十几根头发。除此之外，地板上细小的沙粒和尘土也同样吸引了他的注意。园子是个很爱干净的人，绝对容不得房间里有这些东西。他尽可能收集那些细小颗粒，和头发一起装进塑料袋。

接着，他又拿来一个塑料袋，在卧室里做了同样的事。奇怪的是，卧室里也有尘土和细沙。似乎有人穿鞋进过屋。

不对，如果是穿鞋进屋，沙粒和尘土也太少了……

康正心怀疑虑，但并没停下自己手上的动作。既然有人住，就肯定有头发掉落，卧室里也同样掉落着不少头发。

除此之外，另一件事也引起了康正的疑心。卧室角落里放着一个圆筒形纸篓，纸篓周围掉落着一些沾有口红的餐巾纸和揉成一团的邮送广告。园子历来喜欢干净整洁，这与她的性格完全不符。

另外，房间角落里还有一根用途不明的细绳，是塑料制成的，约四五毫米粗，五六十厘米长，颜色翠绿。康正环视屋内，想要看看这绳子平时是干什么用的，却没能想到合理用法。他决定暂时先收起绳子，把它当成仅由自己掌握的证据。

床边放着一个装换洗衣服的藤篮。康正检查篮内，有牛仔裤和毛衣之类的便装，最上边是一件天蓝色的毛线开衫。

当康正的目光再次落到计时器上时，他的心不禁咯噔一跳。指针指向四点五十分。这是之前他拔掉电源的时间。这可不行。他一边留意不要牵动连在园子身上的电线，一边把计时器翻转过来调整指针。时间变成了五点三十分。

看到插着开瓶器的软木塞，康正稍一犹豫，但最后并未带走，而是把软木塞扔进装有葡萄酒瓶的垃圾桶，又把开瓶器放进橱柜的抽屉。

之后，他的目光落到了饭桌上的盘子和盘里的纸灰上。毫无疑问，这是一个极为重要的证据。问题在于他是否应该就这么放着不管。

只用了十几秒，康正便下定决心。他拿起一个塑料袋，小心翼翼地把纸灰倒进袋子。随后，他用自来水洗净盘子，放进水池。至于那个高脚酒杯，他则用水轻轻冲了一遍，用手帕擦干，放进橱柜。

最后，他用一次性相机拍下屋里的情形以及他在意的地方，但并未拍下园子死后的模样。因为那些冲洗照片的人可能会留意到是尸体。

做完这些事后，时间刚好到六点。其实康正还有些事想先做好。他还想调查一下妹妹的信件、日记和笔记之类的东西，但实在不能继续耽搁了。

他把相机、塑料袋这些房间里本不该有的东西集中装进便利店给的袋子，再次悄悄溜出公寓，回到车上，把这些机密物品藏到驾驶座下边。然后，他再次回到园子的住所。

他从园子的尸体旁捡起无绳电话，在六点零六分时打通了一一〇。就在他坐在饭桌旁的椅子上等待警察赶到时，他的目光停留在冰箱门上的一张纸条上。纸条用冰箱贴固定，上面写着几个电话号码。除了干洗店和送报员的电话，还有这样两个号码：

J　　　　　　03-3687-××××
Kayoko　　03-5542-××××

康正拿下纸条，折叠后塞进衣服口袋。

2

接到报警电话几分钟后，为了保护现场，两个身穿制服的警察从最近的派出所赶了过来。看了一眼现场状况，不知为何，两个警察似乎松了口气。康正询问理由，才知道不久前附近发生过一起女职员在公寓中遇害的案子，因此警方很担心。那起案子的凶手目前仍然在逃，案件的搜查本部就设在练马警察局。

"当然，不管怎样，死者家属的悲伤都是一样的，我们能够理解。"其中一个警察打了个圆场。看样子，他们已经将园子的死认定为自杀了。

又过了几分钟，几辆来自练马警察局的巡逻车并排停在了公寓楼前。警方开始在园子的公寓里收集线索、采集指纹、拍摄照片。

康正在门外不远处接受了讯问。那名来自练马警察局的警察自称姓山边，四十五六岁，身材消瘦，满脸皱纹。看到整个现场的线索采集工作都由他指挥，康正猜测他应该是个股长之类的。

依照惯例，康正先报上姓名和住址。至于职业，康正只说自己是地方公务员。这是一种习惯。

"如此说来，您是市政府的人？"

"不。"康正稍一停顿，说道，"我在丰桥警察局上班。"

山边和另一个年轻警察同时睁大了眼睛。

"是吗？"山边重重地点了点头，"难怪您这么镇定。如果方便，能告诉我们您所在的部门吗？"

"我在交通科。"

"这样啊。那您到这边来有何贵干？因公吗？"

"不，不是的。之前我感觉妹妹的情绪不大对劲，就急忙赶来了。"康正按照早已设想好的话回答。

山边闻言立刻有所反应。"出什么事了吗？"

"星期五妹妹曾给我打过电话，当时她就有些不大对劲。"

"她怎么了？"

"说着说着就哭了起来。"

"哦？"山边噘起嘴，"您问过她为什么哭吗？"

"当然问过。当时她告诉我她觉得很累，想回名古屋。"

"很累？"

"还说她没信心继续在东京生活下去了。听她这么说，我就半开玩笑地试探了一下，问她是不是失恋了。"

"那令妹当时怎么说？"

"她说她连个男朋友都没有，根本就不存在失不失恋的问题。"

"哦。"山边若有所思地点点头，在笔记本上写了几笔。

"算上念大学的时间，妹妹已经在这边住了快十年了，却依旧没有一个可以敞开心扉的对象。她一直为这件事感到头疼，公司里的人也都把她当成没人要的女人，让她很难过。直到上周她打电话跟我说时，我才知道她还有这样的苦恼。都怪我，如果我能多为她设身处地地想想，或许就不会发生这种事了。"

康正一脸难过，言语中流露着心中的痛苦。虽然这些话都是他编的，但其中至少有一半是事实。妹妹的去世确实让他心痛不已，而妹妹生前也的确一直在为人际关系苦恼。

"如此说来，令妹挂断电话时，也还是情绪低落？"山边问。

"是啊，她说话有气无力的。她当时问我第二天她可不可以回名古屋一趟，我说何时回来都行。她便说或许会回来，之后就挂断了电话。"

"此后你们还联系过吗？"

"没有。"

"电话大概是在星期五晚上几点打来的？"

"记得是在十点左右。"康正实话实说。

"哦。"山边再次在笔记本上写了几笔，"但令妹最终还是没有回名古屋，是吧？"

"是的。我本以为她自己能缓过来，但为防万一，我还是在星期六晚上给她打了个电话，却没人接。星期天我又打了好几次，结果也都一样。今早我又给她的公司打了电话，得知她今天没去上班，我感觉有些不对劲，就连忙赶来了。"

"我明白了。您的直觉真准啊。"山边先这么说了一句，但话到一半，他似乎也感觉有些不合时宜，"那您能尽量准确地描述一下发现死者时的情形吗？对了，您手里应该有这里的钥匙吧？"

"有。我当时按了门铃，可是没人应门，所以就拿钥匙开了门。但当时门里拴着门链。"

"所以您才觉得有些奇怪？"

"门上拴着门链的话，屋里必然有人。当时我冲屋里喊了几声，可还是没人出来。我心想不好，赶忙从车上拿来金属钳。"

"嗯……这工具并不常见啊，您怎么会带着它？"

"我这人喜欢自己动手做各种各样的东西，有不少工具，有时还会自己修车，所以就把它放到后备厢里了。"

"哦。那您进屋后就发现令妹已经去世了，是吧？"

"是的。"

"进屋的时候，您是否留意到有什么特别的地方？"

"没什么特别的。我进屋之后，立刻就打开了卧室门，发现妹妹已经死了。所以，怎么说呢，当时我根本就没心思观察细节。"康正一边说一边微微摊开双手，摇了摇头。

"有道理。"山边点头表示理解，"之后您就立刻报了警？"

"是的。报警后，我就一直坐在妹妹身旁。"

"请节哀顺变。今天就暂时先到这里吧，但我们也许还会找您问一些情况。"山边合起笔记本，塞进西服内兜。

"我妹妹是触电身亡的吗？"康正主动问道。他也想再多收集一些信息。

"应该是的。您应该也看到了，她的前胸和后背上都连着电线。"

"看到了。所以我才觉得她应该是自杀。"

"是啊。这种自杀的方法也曾经流行过一段时间。啊，说'流行'有点奇怪。鉴定科的人说，与电线相接的皮肤上有一些烧焦的痕迹。这也是这种自杀方法的特征。"

"是吗？"

"啊，刚才我忘了问了。是您把计时器的插座拔掉的吧？"山边问道。

"是的。"康正回答，"一看妹妹的模样，我就立刻拔掉了。虽然这样做其实已经毫无意义了。"

"您的心情我能理解。"山边的目光中流露出一丝同情。

随后，康正和山边他们一起进入屋内。园子的尸体已被搬运出，估计会被送到练马警察局，在那里进行较为细致的检查后，再送去解剖。康正猜不出警方到底会进行司法解剖还是行政解剖，但不管怎么样，他都确信尸体上并没有什么不自然的地方。

两个警察在屋里忙个不停。一个调查书架，另一个则在餐桌上摆开一封封书信。毫无疑问，两人找的都是证明园子死于自杀的证据。

"找到什么了吗？"山边问两名部下。

"包里有个记事本。"在卧室里调查书架的警察拿来一个小本，红色封皮上印着某家银行的名字，估计是去存钱时银行送的。

"看过里边了吗？"

"翻了一遍，但没什么特别值得留意的地方。"

山边接过小本，冲康正轻轻点了点头，似乎在征得康正的允许。随后，他翻开本子，康正也凑到一旁。

正如年轻警察所说，本子里几乎一片空白，只记了些菜谱和购物清单。

小本的最后是通讯录，其中有三个电话号码，似乎都不是家庭号码，而是公司和店铺的电话。其中之一恐怕是出租这栋公寓的房地产公司的，而剩下的两个号码中的一个似乎属于一家美容院。最后一个号码前写着"计划美术"，光凭名字实在无法推测是家怎样的公司或店铺。

"这东西可以暂时交给我们保管吗？"山边问道。

"可以。"

"实在抱歉，之后我们会还的。"说完，山边把小本递给部下。这时，康正发现小本上并没插着铅笔。

"我记得在卧室里看到过这个小本上的铅笔。"康正说。

年轻警察似乎回想起什么，一脸恍然大悟的表情。他走进卧室，从桌上捏起一件东西，问："您是说它吧？"

年轻警察说得没错。他试着把那支又短又细的铅笔插到小本的装订处，刚好合适。

"有没有发现日记？"山边接着又问那个警察。

"目前还没发现。"

"哦？"山边扭头望着康正，"令妹平常有写日记的习惯吗？"

"应该没有。"

"这样啊。"山边对此似乎并不失望。或许他早已料到，自己不可能恰好碰上有写日记习惯的死者。"听说令妹生前很孤单，难道她在这边一个朋友都没有？"

康正早已猜到对方会这么问，早就想好了该怎样答复。"我倒是从来没听她说起过，但要是她真有个知心朋友，也就不会打电话跟我诉苦了。"

"也对。"山边看起来对死者家属的话毫不怀疑。他冲着背对他坐在餐桌边、身材魁梧的警察说："有没有发现什么信件？"

那人头也不回地答道："没有发现最近几个月寄来的信或明信片。日期最近的是七月底寄来的三张暑期问候明信片，全都是广告之类的。死者之所以留下，大概是因为那些是有奖明信片。"

"她确实很孤单啊。"康正说。

"不，只是最近如此。"山边宽慰道，"以前我们的前辈教导我们，调查房间的时候，首先要从书信之类的查起，但近来的年轻人很少写信。写信已经被时代淘汰了。"

"是啊。"

康正不禁开始回想，自己最后一次写信到底是什么时候。如果能多和园子写写信，或许就能明白她到底遇到什么事了。

警方的调查工作一直持续到八点半。但在康正看来，警方的收获并不大。如果他们对妹妹是不是自杀这个问题稍有怀疑，就应该会把刑事搜查官叫来。但就眼下的情况来看，警方似乎并无此意。

令康正放心不下的是一直在调查书信的警察。不光是书信，他甚至连购物小票都不放过。从水池到垃圾桶，他几乎把所有地方都翻了一遍，翻完之后却又什么话都不说。康正觉得他的目的似乎和山边等人不同。

临走之际，山边问康正今晚准备住哪里。从心理方面考虑，他估计康正不会住在园子的住处。

"我会找家宾馆住。我实在无法在那张床上入睡。"

"也是。"

山边叮嘱康正，让他定下住处后通知他们一声。康正连声答应。

晚上十点多，康正住进池袋站附近的一家商务宾馆，并联系山边，告知自己的住处。随后，康正到附近的便利店买了三明治和啤酒当晚饭。尽管没什么胃口，但康正还是告诉自己一定要吃点东西。而且他这人即便在这种时候也还是能放开吃上一顿的。这或许也是职业训练的结果。

吃过饭，康正给上司打了个电话。听了康正的讲述，股长不由得大吃一惊。

"这可不得了。"股长沉吟道。他虽然有些固执,却也通情达理,并非表里不一的人。

"所以,从明天起我想请丧假。我记得规定上说,旁系亲属丧假是三天吧?但我还想再跟您说一声,能不能连年假一起休?"

"行啊。她可是你唯一的亲人啊。科长那边就由我去说好了。"

"那就拜托您了。"

"对了,和泉。"股长稍稍压低声音,"真的是自杀吗?"

康正略一停顿后答道:"应该是。"

"是吗?毕竟你是第一发现人,你都这么说,应该就没什么问题。既然如此,你也就别想太多了。"

康正沉默不语。股长似乎也并不要求他回答。

"这边的事你就别担心了。"

"抱歉。一切就拜托您了。"

挂断电话,康正坐到床边,从包里拿出另外一家便利店的袋子。里面装的就是他从园子的住处带走的遗物。

只要看上一眼,康正就能分辨出那些散落的头发并非来自同一个人。园子从不烫发,头发又细又长,可袋子里却混杂着几根短粗的头发。

接着,他又拿出装纸灰的袋子。这些纸灰之前都装在饭桌上的小盘子里。

纸几乎已经全部化为灰烬,但仔细找找,康正还是从中发现了三个小角。其中的两个很明显是照片的一角,可以看出是彩色照片,但康正无法推测出照片的内容。

剩下的一个小角也是照片的一部分，但不是用相机拍下后冲洗出来的照片，而是印刷出来的。仔细端详了半天，康正才看出这应该是一张印刷在普通纸上的黑白照片。

究竟都是什么照片？为什么要把它们烧掉？

康正在床上躺下，再次回忆园子的死状。悲伤与不甘又在心中复苏，可他不能再任情绪继续发展，否则就会失去冷静的判断力。然而想要控制内心的情绪，还需要一些时间。

面对上司时，康正说妹妹死于自杀。但他真正的想法并非如此。

此刻的康正坚信妹妹绝非自杀身亡，而是被人杀害的。他掌握着一些证据。虽然这些证据全都是细微的提示，只有他这个哥哥才能看出端倪，但它们隐含的讯息却非常强烈。

"我被人背叛了。"

园子最后的那些话再次在康正耳边回响。究竟是谁背叛了她？园子受到那么大的打击，对方应该是园子最信任的人。究竟是什么人呢？

果然……应该是个男的吧？康正心想。

在电话里，园子与康正无话不谈，但在异性关系方面，她几乎从未跟康正提起过。康正觉得这也是理所当然的，就没有特意开口问过。但他一直隐隐觉得妹妹似乎已经找到某个特定的对象了。园子的话里时常会影射那个人。她这么做或许也是想让康正领会这一点。

园子是被那男人背叛了。这可能性很大。一场痴情却换来了最坏的结果，世人早已对此司空见惯。

不管怎样，当务之急就是要查明对方究竟是谁。

康正从夹克口袋里掏出那张折起的纸，就是之前用冰箱贴固定在园子家冰箱门上的那张。纸上只写了电话号码，但其中两个号码让康正觉得蹊跷。

J　　　　　03-3687-××××
Kayoko　03-5542-××××

依照康正的推理，J 或许就是园子前男友姓名发音的第一个字母。想要证实推断是否正确，最便捷的办法就是打电话问问，但康正觉得眼下时机还不成熟。在打电话之前，还是先暗中调查了解一下为好。

至于调查的突破口，康正猜测，下边这个叫 Kayoko 的人或许会起作用。

之前，在警察问起园子生前是否有什么相熟的朋友时，康正回答说没有，但他脑中其实出现了一个名字。

那个人就叫 Kayoko，再说得准确些，就是弓场佳世子。

此人是园子还在名古屋念高中时就结识的密友。后来，她们一起考上了东京的女子大学，甚至还曾一起住过。康正听园子说过，在她们都步入社会之后，虽然所属的公司不同，但来往从未间断。园子经常说，佳世子就是"除了哥哥之外，唯一一个能让她敞开心扉的人"。康正推测，如果找这个女人问一问，或许能打听到园子的近况。她甚至可能知道园子最近在和谁交往。

康正看了看钟。事不宜迟，他打算立刻给弓场佳世子打电话。

但转念一想，他的心中又涌起了另外的疑念。与此同时，他也回想起园子的话。

"除了哥哥你,我再也不会相信任何人了。"

若按照字面意思来理解,那她就连弓场佳世子这个密友也无法信任了吗?背叛她的人可未必就是个男人。

但怎么可能呢?

康正没见过弓场佳世子,但通过园子的描述,康正大致能想象出她是个怎样的人。她性格开朗活泼,也很聪明,与杀人凶手的形象完全不符。

更重要的是,她根本就没理由杀园子。

想到这里,床头柜上的电话忽然响了起来。由于铃声太大,吓了康正一跳。

"有个姓加贺的人给您打电话。"

"啊,接进来吧。"康正有些紧张。他想起在山边的部下里似乎有个姓加贺的人,就是那个翻找购物小票的。

"喂?"电话里传来男人的声音。就是那人。

"我是和泉。"

"很抱歉,这么晚了还打搅您。我是练马警察局的加贺,之前和您见过面。"对方口齿伶俐,感觉像个演员。

"不,辛苦你们了。"

"很抱歉,或许您已经很累了,但我有些事想向您请教,不知您现在方便吗?"

对方的用语听起来很客气,让人感觉到一种难以抗拒的力量。康正不由得握紧话筒。

"没关系。呃,不知你们想问什么?"

"问题还不少。详情等见面再说吧。"

"是吗……"既然如此,为什么刚才在园子的住处时不问呢?康正心想。"那我就在房间里等你吧。"

"如果您觉得这样更方便,倒也没什么。您住的那家宾馆顶楼有家酒吧,您愿意到那里去谈吗?"

"好吧。你什么时候到?"

"我马上就到。其实我已经在路上了。您住的宾馆就在眼前。"

看来加贺是在车上打的电话。

"那我这就过去。"

"抱歉,拜托您了。"

放下话筒,走出房间前,康正把散落在床上的东西收进包里。万一酒吧已经关门,说不定加贺还会来这里。

3

酒吧还在营业。玻璃窗边有一排小圆桌。服务生带着康正走进酒吧,来到与店门相隔三张桌子的座位旁。那里可以看到店门口的动静。

康正点了杯加冰的野火鸡威士忌,没坐多久,就见一个身穿黑色夹克的高大男人走进酒吧,正是康正见过的那个警察。他用特有的敏锐目光环视一圈,看到康正之后,大步流星地走了过来。"真是抱歉。"他向康正低头致意。

"没什么。"康正指了指对面的位子。

在坐下前,警察先递上了名片。"在现场时太忙乱,忘了自我介绍,真是失礼了。"警察名叫加贺恭一郎,职衔是巡查部长。

听过对方的自我介绍,康正不由得有些吃惊。这个名字他也曾有所耳闻。他边想边再次端详对方。那张下巴很尖、轮廓分明的面庞不住地刺激他内心的记忆,却又无法清晰地回忆起来。他本以为曾在哪里见过此人,但仔细想想,自己与东京的警察应该没有任何交集。

"在您离开现场之后,我又想起了两三件事,想找您当面确认一下。"加贺说。

"好的。请坐。"

"失礼了。"直到这时,加贺才坐下来。服务生过来问他要点什么,他只说了一句"乌龙茶"。

"你是开车来的吧?"康正问道。

"是的。我还是头一次在这种地方喝乌龙茶呢。"说着,加贺露出回想起什么的表情,"对了,和泉先生,您是交通科的吧?"

"对,我负责交通指导。"

"那您还得兼管事故处理啊。这工作可不轻松。"

"彼此彼此。"

"我倒是没在交通科待过,但我父亲曾做过这工作。"

"令尊也是警察?"

"是很久以前的事了。"加贺笑着说,"当年我就看他整日一副忙得不可开交的模样。但和现在相比,那时的事故根本不算什么。"

"爱知县的交通事故尤其多。"说着,康正开始在脑中描绘起加贺父亲的模样。

加贺点点头。"那咱们就来谈谈案件吧。"

"好。"

"首先是有关药的事情。"

"药？"

"就是安眠药。"加贺掏出笔记本。正在这时，服务生端来了加冰的威士忌。见康正没有动杯子，加贺接着说："边喝边聊吧。"

"那我就不客气了。"康正端起酒杯，用舌尖品了品。一种特有的刺激从口腔扩散至全身。"你说的安眠药是怎么回事？"

"令妹住处的桌上放着两个装安眠药的空药袋。不是餐桌，而是卧室里那张小桌子。您留意到没有？"

"留意到了。确实有。"

"两个药袋上都有令妹的指纹。"

"哦……"

这必定是凶手精心布下的局。

"令妹生前是否经常服用安眠药？"

"没听她说经常吃，但家里应该会准备一些。"

"您是说她并不经常，只是偶尔会吃，还是说她最近没有，但以前服用过？"

"我是说她偶尔会吃。她有些神经质，比如出门旅行时常常失眠。所以她让认识的医生给她开了一些。我个人不大赞成她这么做。"

"她认识的医生？"

"是名古屋的。那医生和先父交情不错。"

"您知道那位医生的姓名和所在医院吗？"

"知道。"康正一一说出，并说不知道那医生的电话号码，加贺表示他们会设法去查。

乌龙茶端了上来。加贺暂时停止提问，喝了口茶润了润喉咙。

"如此说来，令妹的失眠症状并不严重？"

"嗯。当然，她心里藏着足以令她自杀的苦恼，想必曾为那些事失眠过。"

加贺点点头，记录了几笔。

"关于她的自杀方式，您有什么想说的吗？"

"什么意思？"

"怎么说呢，作为年轻女性，她选择的自杀方法很巧妙。首先，触电身亡的死法很少见，而且她还在胸前和背后连上电线，让电流从体内穿过，这一点也值得注意。从电流的通路来看，这是最有效的触电自杀的办法。同时，她还用计时器设定了电流流过的时间，服用安眠药让自己熟睡，这样就能毫无痛苦。如果不是以前在哪里听到、看到过，一般人应该想不出这样的办法。"

康正明白加贺想说什么。他对妹妹采用的自杀方式并不感到太意外，但这一点的确很关键。"念高中时，曾有个同学用这种方法自杀。"

听到康正的回答，加贺稍显吃惊，挺直了脊背。"高中时？谁的？"

"我妹妹。说得再准确些，应该是她临近毕业时发生的事。"

当时自杀的是一个和园子同班的男生。据园子说，她和那男生之间"一年顶多就说两三句话"，不是很熟。但这毕竟是起不小的案子，媒体也大肆渲染，所以当时园子周围的人似乎没少议论此事。经由园子的转述，康正也得知了一些相关情况。

如果用一句话来简单概括那个男生的死,就是"在当今这个只注重学历的社会,一石激起千层浪"。那个男生在家里留下遗书,说他从一年前起就下定决心,要在收到大学录取通知书的那天自杀。

"感觉他让人很难接近。"这就是园子对那男生的评价。

当时那个男生的自杀方法如今重现。正因如此,康正才会在看到计时器和电线的瞬间,就立刻明白妹妹是用那种方法自杀的。

"还发生过这样的事?所以才……"加贺恍然大悟般点了点头。

"我妹妹也说过,那种方法能让人在睡梦中不知不觉地死去,也就不会感到害怕了。"

"所以她就记住了。"

"嗯。"康正一边回答一边开始思考。如此说来,杀园子的凶手应该知道园子喜欢这种自杀方式。弓场佳世子和园子毕业于同一所高中,肯定也知道那件案子,甚至可能还跟园子谈论过。当然,有嫌疑的并不只有弓场佳世子。园子说不定也在和前男友聊天时聊起过此事。

"您以前是否见过那个计时器?那东西看起来有些年头了。"加贺问道。

"大概是用来控制电热毯的。"康正答道。

"电热毯?"

"我妹妹生性怕冷,到了冬天,一旦缺了被炉桌和电热毯,她就无法睡觉。但那些取暖用具刚开始用时倒是感觉挺暖和挺舒服的,可时间一长就会发烫,热得让人睡不着。"

"我明白。"

"所以我妹妹经常用计时器。这样即便人睡着了,电热毯也会自动断电。这样一来，就不会被热醒了。"

"是这样啊。"加贺点点头，又记下几笔，"的确，令妹的床上确实铺着电热毯。"

"对吧？"

"但没通电。"

"啊，是吗？"

康正没确认过这件事。

"说得更准确点，是根本无法通电。接到计时器上的电线就是电热毯用的电源线。令妹把它拆下拿来自杀了。"

康正此前也没有留意到这一点。那些电线塑料外皮的碎屑浮现在他眼前。

"大概是没能找到更合适的电线吧。"

"嗯。如此一来，令妹最后一次睡眠就是在冰冷的被窝里度过的了。"加贺的用词颇有文学色彩。

"吃过安眠药，就算有点冷，应该也还是能睡着。"

"在目前看来，这种想法应该没错。"

在目前看来……这句话不禁让康正感觉有些奇怪。他抬头看了看加贺。但加贺自己或许都没有意识到这句话隐含的深意，依旧盯着手里的记事本。

"令妹她……"加贺继续问道，"对酒精是否过敏？经常喝酒吗？"

"喜欢喝，但酒量不大。"康正抿了口酒。杯子里的冰块哗啦作响。

"令妹最后喝下的似乎是白葡萄酒。她床边桌上的酒杯里盛着葡萄酒。"

"这种做法很符合她平日的习惯。在所有酒中，她最喜欢的就是葡萄酒，也知道不少酒的牌子。"

但她不喜欢吃西餐。康正想起妹妹曾经说过，她最喜欢一边吃和食一边品葡萄酒。

"真是这样吗？您说她酒量不大，但她是否曾经独自一人喝光一瓶葡萄酒呢？"

加贺这么一问，让康正原本平静如镜的内心泛起了微微涟漪，但他顾不上这些了。他再次端起酒杯，思考该如何回答。

"应该没有过。她看起来最多只能喝下半瓶。"

"哦。那剩下的半瓶酒又去哪儿了呢？我们发现时，酒瓶已经空了，被扔在垃圾桶里。"

加贺的问题不出康正所料。正因为如此，加贺才会先问园子的酒量如何。

康正本想说剩下的酒大概是倒进水池了，但话到嘴边又忍了回去。从此前的接触来看，眼前的这个警察绝非等闲之辈。

"那瓶酒大概不是刚打开的吧。"

"不是刚开的？"

"估计是前天或者大前天开的。当时她只喝了半瓶，剩下的一半是在自杀前喝的。"

"隔夜酒吗？这可不像一个精通葡萄酒的人的所作所为啊。"

"我妹妹确实很喜欢葡萄酒，但还没到精通的地步。就算没能一次喝完，她也不会把剩下的倒掉。她一般会把软木塞塞回瓶口，把酒放进冰箱。感觉有些寒酸，但这就是我们和泉家过日子的方式。"这话的确是事实。母亲生前对浪费食物深恶痛绝。

"我明白了。这样也就说得通了。"

"哪怕是隔夜酒，只要是她喜欢的，她就会喝完。当然，如果她没死，那才是最好的结果。"

"我能体会您的心情。对了，那瓶酒到底是怎么来的？"

"什么意思？"

"就是说从哪儿弄到手的？"

"这个嘛，估计是从酒类商店买来的。"

"但我们没发现那瓶酒的小票。"

"哎……"康正回望了加贺一眼。加贺的话让他措手不及。

"令妹在家庭财务方面向来一丝不苟。如今，像她这样坚持记账的单身女子已经不多见了。账本上的记录一直到十一月，而十二月的购物小票也全都保留着，大概是想到月底一起记录。"

"但没有那瓶葡萄酒的小票？"

"是的。为防万一，我们连她的钱包和手包都检查过了，可还是一无所获。"

"哎……"是这么回事啊。康正终于明白对方一直揪着购物小票不放的原因了。

"这究竟是为什么？"加贺再次发问。

"不清楚。"无奈之下，康正只得开口说道，"要么是买的时候忘记拿小票了，要么是拿了小票又弄丢了，或者那酒是别人送的。"

"如果是别人送的，那么究竟又是谁送的？关于这一点，您是否有什么猜测？"

"没有。"康正摇头。

"令妹生前是否有密友？"

"或许有，但我从未听她提起过。"

"一个都没提过吗？令妹给您打电话时，难道就从没提过她朋友的名字？"

"这个嘛，我也记不大清了。我妹妹很少会在我面前提到她的人际关系，而我这个当哥哥的也不能总纠缠她问个不休。她又不是小孩了。"

"这一点我能理解。"加贺喝了口茶，略做记录，随后微微偏过头，轻轻挠了挠太阳穴。"听说您是在星期五晚上接到令妹最后一通电话的？"

"是的。"

"抱歉，能麻烦您再重复一遍当时的对话吗？如果可能，请尽量说得详细一些。"

"重复一遍倒是问题不大，但我不能保证准确无误。"

"没关系。"

康正重复了一遍对山边说过的话。他很清楚，在面对警察时，有些话需要重复许多遍。讲述的时候，加贺不时打断并提问，问题大多与园子说话时的语调或园子是在说到什么事时哭起来的细节有关。面对这些问题，康正早已有所准备，回答时尽可能避免让加贺发现硬伤。简言之，康正的回答不痛不痒。

"就您刚才的描述来看，您对令妹的苦恼似乎漠不关心。您对此有什么想说的吗？"加贺皱起原本就很接近的双眉，抱起双臂说道。毫无疑问，听过康正的回答，他已经开始有些焦躁。

"我也说不清。要说我对她的事漠不关心，或许真的如此，但在我看来，导致她自杀的具体原因应该还在于她难以适应东京的生活，无法忍受孤独与寂寞。"

"您的话也不无道理,可令妹不是已经在东京生活了近十年了吗?如果说她突然间感到孤立无援、举目无亲,那一定是因为发生了什么。"加贺的问题依旧犀利。面对这样的人,那种含混不清的回答毫无作用。

"这我就不大清楚了。或许的确发生过什么,但我一无所知。"康正用上了应对这种场合最为有效的回答。

"令妹没有留下遗书,您怎么看?她生前是否很不擅长写文章?"

"不,她经常动笔写东西,说不擅长恐怕不准确。"康正实话实说。那种对方只要稍加调查就能揭穿的谎言还是少说为妙。"在我看来,她可能是觉得不便说明自杀动机,或者她根本就没想到写遗书。"

加贺默默点了点头。他对康正的回答似乎并不满意,但手头应该也没有可以让他继续追问的材料了。他瞥了一眼记事本。"我还有件事想向您请教。"

"什么事?"

"您说过,在您进入令妹的公寓,发现尸体,报了警之后,您就一直静静地待在屋里。这一点应该没错吧?"

康正闻言,小心翼翼地看了加贺一眼。他很清楚,虽然加贺的语气听起来完全是公事公办的感觉,但在这种时候,警察往往会给对方设下圈套。他花了几秒钟思考加贺此问究竟目的何在,但不管怎样,他都必须给出答案。

"我记得自己应该没有随意动过房间里的东西……有什么问题吗?"

"没什么。只是我发现水池有些潮湿。令妹大概是在周五夜里过世的,所以在周六和周日两天里,应该没人用过水池。眼下这季节空气干燥，水池里却还有湿气，这一点实在令我百思不解。"

"这件事啊。"康正点了点头，迅速考虑起对策。他曾经清洗过装纸灰的盘子和酒杯，此事万万不能让对方觉察。"抱歉，水池是我用的。我大意了。"

"您用水池干什么？"

"呃，这个……"

"怎么了？如果不介意，能请您告诉我吗？"虽然提问时面带微笑，但加贺已经握好了笔。

康正叹了口气，答道："我洗了把脸。"

"洗脸？"

"嗯。我不想让警察看到我当时那副模样。就是说，呃，不想让你们看到我脸上的泪痕。"

"啊……"听到康正的回答，加贺似乎有些意外。或许是因为他很难想象出康正哭泣时究竟会是什么样子。"是这么回事啊。"

"我其实应该早点告诉你们的，可又觉得难以启齿。如果给你们带来了麻烦，我道歉。"

"不，只要能说明水池里为什么会有湿气就够了。"

"除此之外，我记得自己没再碰过什么了。"

"哦……"加贺点点头，合起记事本，"谢谢您的配合。我们或许还会找您询问一些情况，到时也请您多多配合。"

"辛苦了。"

康正伸手去拿账单，加贺已抢先一步。他抬起右手，示意康正别客气，随后走向收银台。经加贺身旁走出酒吧后，康正礼节性地站在门口等他。

加贺一边收起钱包一边走到店外。"承蒙款待。"康正赶忙致谢。

两人一起走进电梯。电梯在康正住的那层停下了。

"告辞了。"

"辛苦了。"加贺说道。康正转身迈开脚步,但还没走两步,就听到有人在身后喊他:"啊,和泉先生。"

康正停下脚步,扭头问道:"怎么了?"

加贺用手抵住电梯门。"我听山边说,您一看到令妹身上的计时器和电线,立刻就知道她是自杀的?"

"是的。有什么问题吗?"

"那么,在剪断门链时,您又是怎么想的?"

啊!康正险些叫出声来。或许,他脸上的表情其实已经出卖了他。

加贺的诘问不无道理。既然拴着门链,屋里必定有人,可摁响门铃却无人应门。在一般情况下,人们肯定会想到屋里出了什么事。而且就之前的情况来看,康正首先想到的应该就是园子自杀这一点。

"当然了,"康正说,"当时我也设想过妹妹自杀的可能性。所以一看到她已经死去,我就立刻认定她是自杀了。"

"哦……"

加贺接连眨眼。看他的表情,他似乎对这一回答并不满意。

"抱歉,我跟山边先生说得似乎不大准确,毕竟当时我还没平静下来。"

"嗯,我能理解。这也是人之常情。"加贺低头致意,"我要问的都问完了。抱歉打搅您了。"

"那个,加贺先生。"

"什么?"

康正深吸了一口气，问道："你是不是觉得这事有些蹊跷？"

"蹊跷？"

"你似乎对我妹妹的死有疑问。换句话说，你在猜测是否存在他杀的可能，对吧？"

加贺一脸惊讶地睁大了眼睛。"您为何会这么想？"

"因为我觉得你似乎对此很怀疑。当然，也许是我想得太多。"

加贺闻言微微一笑。"如果我的问题让您感到不快，那么我道歉。毕竟，我们的工作决定我们必须怀疑一切。我想和泉先生您也应该能理解。"

"这我知道。"

"现场并没有什么疑点。就目前状况来看，只能认定令妹是自杀。借用推理小说里的说法……"说到这里，加贺略一停顿，盯着康正，"现场完全处在密室状态中。房门钥匙在令妹的包里，而根据您的证词，当时门上拴着门链。这是一间彻头彻尾的密室。就像推理小说里常说的那样，破解密室是根本不可能的。"

康正觉得最好还是不要找这个警察的麻烦。他看了加贺一眼，低下头，之后又抬起头。"如果有什么疑问，请尽快联系我。"

"嗯，我当然会首先联系您。"

"那就拜托了。"

"那我告辞了。"加贺摁下按钮，电梯门静静地关上。康正呆呆地望着紧闭的电梯门，开始在心里回味和加贺说的每一句话。自己有没有犯错？是否说过什么不该说的话？

应该没事吧。康正一边安慰自己，一边转身向房间走去。

回到房间，康正再次从包里掏出那些塑料袋放到床上。

尽管弄不清其原因何在，但康正很清楚，加贺对园子的死心存疑虑。某些警察天生就具备独特直觉，加贺或许就是这样的人。

但康正觉得加贺是无法查明真相的，因为那些能够指引人查明真相的线索如今全在自己手里。

可他居然注意到那个酒瓶，真不可轻视。

当时扔掉软木塞、收好开瓶器真是太明智了。要是放着不管，那个直觉敏锐的警察必定会留意到。

其实康正也是从葡萄酒瓶上看出事有蹊跷的。再说得具体点，问题就出在那个插着开瓶器的软木塞上。那种东西掉在地上，就说明那瓶酒其实刚刚打开。就像康正之前对加贺所说，园子酒量并不大，应该喝不完，可当时在房间里发现的却是空瓶。

从园子的性格来看，就算是临死前，她也不会把喝剩的酒倒进水池。冰箱里还有许多吃剩的食物，她不可能只把葡萄酒处理掉。而且卧室桌上的酒杯里也还盛着葡萄酒。为什么她不把那些酒也倒掉呢？

康正觉得，这些问题最合理的解答就是她是和另一个人一起喝完了那瓶酒。放在水池里的另一个酒杯可以验证这一点。

临死前，园子还在和另一个人一起品酒。如此说来，园子是在对方告辞之后自杀的？当然也存在这种可能。

但康正坚信事实并非如此。毫无疑问，园子肯定死于他杀。房间里的一样东西证明了这一点。

就是附在菜刀上的塑料碎屑。

削铅笔时，如果在刀上擦了防锈油，铅笔屑就会沾到刀上，而且会沾在刀朝上的一面上。如果是个习惯用右手的人，那么铅笔屑就会残留在刀刃右侧。

那些塑料碎屑也同样沾在菜刀刀刃右侧。

但这很奇怪。

园子是个左撇子。握铅笔和筷子时，她会用右手。那是父母矫正的结果。但其他事她都是用左手做，打网球或投球时也是用左手。康正也不止一次见到她用左手熟练地切卷心菜。

因此，如果削下那些塑料碎屑的人是园子，那么塑料碎屑就应该沾在刀刃左侧。

在发现园子死于他杀的一刹那，康正就下定决心，一定要亲手把凶手揪出来。人世间有些事该亲自出面去做，有些事则不该，康正觉得这件事决不能交给他人来办。妹妹的终身幸福是他最大的心愿。仅仅抓住凶手难以平息康正心头那熊熊怒火。

揪出凶手后，自己又该做些什么？有关这一点，康正也早已决定。但现在还不是考虑这些事的时候。眼下，还有许多事等待解决。

关键就在于——

千万不能让警方觉察。尤其是那个加贺，万万不能让他觉察到自己的目的。只要他们对园子自杀一事稍有半点疑心，康正就必须全力以赴，让他们打消疑虑。

第三章

1

从第二天清早起，康正就一直忙个不停。首先要做的是给名古屋的丧葬公司打电话，商议守灵和葬礼的事宜与日程安排。当年康正母亲去世时，他们找的也是这家公司，所以事情进展还算顺利，但因为警方仍夹在中间，很多事情一时还难以决定，估计麻烦是免不了的。

到了上午，练马警察局打来电话，告诉康正傍晚时可以领回遗体。警方已经做完解剖，缝合完毕。康正立刻找丧葬公司商谈，决定今夜就把遗体送到名古屋，明天举行守灵仪式。

随后，与各方面的联系让康正忙得不可开交。和丰桥警察局再次取得联系，告知葬礼的安排后，康正又开始挨家挨户给亲友打电话。他平常几乎不怎么和这些人打交道，却也不能彻底无视对方。其实，这种事才最令他痛苦。听到死讯，对方必然会问起死因，这正是他最不愿提起的事。

一听到自杀，所有亲戚都异口同声地指责和泉家的做事方针，说之前就不该让孩子独自一人闯荡东京。这或许也是在抱怨康正和园子兄妹俩平日都不愿和亲戚来往。当然，其中也不乏真心为此伤心难过的亲戚。曾在园子年幼时热心照顾过她的叔母一听到园子离世的消息便号啕大哭，说要立刻动身到东京来。为了安抚这样的亲戚，康正也费了不少精力和口舌。

给亲戚们打完电话，康正又给园子工作的公司打了电话。其实今天一大早，康正就已经把园子去世的消息告诉了对方。康正看到晨报的一个小角落登载了园子的死讯，既然如此，与其等着对方来问，不如自己主动告知。第二次打电话是为了告知对方葬礼的安排。其实康正心里早已有数，知道公司里不会有人专程跑到名古屋上香。园子说过，公司里没有可以让她敞开心扉的人。

下午三点多，丧葬公司的人来到宾馆，和康正商议有关事宜。需要确认和准备的事情多如牛毛。如果兄妹俩还有近亲，如果现在是在名古屋，或许康正还能稍微轻松一些。但如今康正已没有家人，而妹妹这个唯一的亲人又死在了这片对他而言完全陌生的土地上。

与丧葬公司商谈时，电话响起，是加贺打来的。

"今天您不准备去令妹的住处吗？"加贺问。

"不去了。我准备领回遗体就立刻起程回名古屋。葬礼还有很多事得准备。"康正说，"有什么事吗？"

"没什么。我本想着如果您去现场，请您允许我再调查一下呢。"

"调查什么？房间吗？"

"对。"加贺回答。

康正捂住话筒，扭头看了一眼。丧葬公司戴眼镜的负责人似乎正忙着填写什么资料。

"又怎么了？"康正小声问。

"其实也没什么。我只是想确认一下罢了,也不是非得今天确认不可。呃,那您准备何时再来?"

"现在还说不清。眼下要处理的事实在太多。"

"也是。那下次您来的时候,能否打个电话告诉我?请放心,不会给您添麻烦的。"

"好的。找加贺先生你就可以了吧?"

"是的。拜托了。"

"那我挂了。"

康正挂断电话,剪不断理还乱的思绪依旧残留在他心间。加贺到底想确认什么?自己已经彻底抹掉了凶手作案的痕迹,他又是出于什么原因怀疑园子并非自杀呢?

"那就以这样的预算来办吧,您看如何?"

听到丧葬公司负责人的话,康正才回过神来。

临到出门去领回遗体时,康正才下决心给弓场佳世子打电话。当时他已经收拾好行李,准备退房了。

背叛了园子的人未必就不是她的高中同学。说到最近和园子关系最密切的人,那么毫无疑问,非弓场佳世子莫属。这样的人还是尽早联系比较好。而且就算为了葬礼着想,弓场佳世子的关系网也很重要。要是不跟她联系,葬礼或许会变得冷冷清清,连一个朋友都没有。

听着话筒中的呼叫音,康正抬头看了看墙上的挂钟。六点刚过。康正只盼着弓场佳世子已经回家。

呼叫音接连响了四次,电话接通了。"喂?"话筒中传来年轻女子的声音，沙哑中带着一丝慵懒。

"喂，请问是弓场佳世子小姐府上吗？"

"是的。"或许因为听到对方是个陌生男子，弓场佳世子的声音骤然紧张起来。

康正调整了一下呼吸，说："我姓和泉，是和泉园子的哥哥。"

沉默了两秒钟，对方"啊"地回应了一声。康正并不在意对方有何反应。忽然接到朋友的哥哥打来的电话，无论是谁都会感到疑惑。

"和泉的……啊，这样啊。你好……"

对方似乎有些手足无措，不知道该怎样应对。但这样的反应或许才最自然、最合理。

"我妹妹她……之前似乎给你添了不少麻烦，感谢你一直以来对她的关照。"

康正用了"之前"等表示过去的微妙说法，但弓场佳世子并没留意到。她只是随口说了句"哪里哪里"，然后便问道："那个……和泉先生，你打电话给我，请问有什么事吗？"

"嗯，其实……"康正咽了口唾沫，随后问道，"你看报了吗？"

"看报？"

"今天的晨报。"

"晨报？没看。我平常不订报纸。"

"这样啊。"

"那个，是不是出什么事了？难道还上报了？"

"其实……"康正做了个深呼吸，"园子她已经死了。"

"啊？！"弓场佳世子顿时语塞。不，应该说是听起来语塞。不能亲眼看到对方此时的模样，康正觉得有些可惜。

"死了……怎么可能?!"佳世子似乎还有些发蒙,"别骗我。"

"我也希望我在骗你。但遗憾的是,我说的都是真话。"

"怎么会……"佳世子再次说道,话筒里随即传出哭声,"为什么?发生什么事故了吗?"

"不是事故。就目前情况来看,大概是自杀。"

"自杀……为什么?发生了什么事?"弓场佳世子的语气里夹杂着并不夸张的叹息。

康正心想,如果这是装出来的,那佳世子在表演方面就可谓是天才了。

"有关这一点,警方正在调查。"

"我简直不敢相信。她居然……她居然会自杀……"

康正听到了一阵抽泣声。

"弓场小姐,"康正说道,"我可以和你当面谈谈吗?最近一段时间里,你应该是和园子交往最多、对她的情况知道得最详细的人。我想向你打听一下,找出她自杀的原因。"

"没问题。但愿我能起到作用。"

"只要是有关园子的事,什么都行。我对她的情况可以说一无所知。那就这么说定了,我改日再和你联系。"

"那我就等你的消息了。啊,对了,你打算在哪边给她举行葬礼呢?"

"在名古屋。"

康正又将葬礼的地点和那里的电话号码告诉了佳世子。

"我会设法去的。"弓场佳世子说。

"你能来的话,如果园子地下有知,也必定会感到无比欣慰。"

"嗯，但……"说到这里，佳世子停顿了一下，又抽泣起来，"我还是不敢相信……"

"我也一样。"康正说道。

打完电话，康正重重地叹了口气。

2

和母亲去世时一样，园子的守灵仪式也在丧葬公司的会场举行。那是一栋五层楼房，守灵时准备使用其中的一层。从傍晚六点左右起，那些远亲近邻以及康正在丰桥警察局的同事和上司就纷纷到场。

康正待在铺着榻榻米的小屋里，和几个交通科的同事一起喝啤酒。

"在那种举目无亲的地方独自生活上几年，任谁都会变得神经质。"本间股长一边擦沾着啤酒沫的嘴角一边说。直到现在，康正才终于找到机会对同事们详细讲述园子之死的前后经过。

"可话又说回来了，她难道就真的连一个可以商量的人都没有吗？"田坂问道。念警校的时候，他和康正同级。

"应该没有。我妹妹生来就不擅长与人相处，她更喜欢整天待在家里看书。"

"这样的性格也不能说不好，但……"田坂轻轻摇头，一脸难过。每次在交通事故现场看到年轻死者，田坂都一副于心不忍的模样。

"是练马警察局的管辖范围？"本间问。

"对。"

"那边怎么说？是不是准备以自杀来结案了？"

"应该是吧，有什么问题吗？"

"倒也没什么大问题，"本间重新盘了下腿，摸了摸黑色领带的领带结，"大概是昨天白天，那边有人打电话来询问情况。"

"那边……练马警察局的人？"

"嗯。"本间点点头，喝了口酒。见其他人并不惊讶，康正心想，或许这事大家都已经知道了。

"都问了什么？"

"问你上周的出勤状况，尤其是周五周六的。"

"哎……"康正一脸疑惑，"他们问这个干什么？"

"对方没说理由，我们也不便多问。"

"那警察叫什么名字？"

"好像姓加贺。"

果然不出所料。康正点了点头。

"他一直在意园子没留下遗书这一点。"

"就因为这一点，他就对自杀的结论心存怀疑？"田坂噘起嘴。

"似乎是的。"

"真是的。"田坂撇了撇嘴。

"听声音，感觉那警察还挺年轻。"

"岁数和我差不多。"康正对本间说道，"一看到他，我就感觉曾在哪里见过，可又偏偏想不起来。但我觉得这感觉应该不会错。"

一个姓坂口的年轻同事在一旁插嘴道："加贺……名字呢？"

"应该是恭一郎。"

坂口放下啤酒杯。"不会就是那个夺得过全国冠军的加贺恭一郎吧？"

"冠军？什么冠军？"

"剑道冠军啊。已经是好几年前的事了。记得他连续两届夺冠呢。"

"啊！"康正不由得惊呼一声，封存的记忆在一瞬间复苏了。曾在剑道杂志上看过的照片再次浮现在他脑中。"对，就是他！就是那个加贺！"

"哦？还碰上了个名人啊。"比起剑道，本间更擅长柔道。听他的语气，感觉他对加贺并没有多大的兴趣。

"擅长剑道并非成为优秀刑警的必备条件啊。"田坂说。或许是酒劲上来了的缘故，他说话的时候舌头已经开始打结。

交通科的同事离场时，亲戚们也都已经离开，空荡荡的楼层里一片寂静，灵台前摆放着一排排折叠椅。康正在最后一排坐下，独自喝起罐装啤酒。

练马警察局的加贺打电话来询问自己周五周六的出勤状况，这让康正很在意。不管怎么看，加贺都是在调查自己的不在场证明。换言之，加贺怀疑园子死于他杀，而杀人凶手说不定就是园子的亲哥哥康正。

为什么呢？

康正猜测或许是自己犯了什么错，而加贺又恰巧留意到了这一点。他回忆起自己在园子住处做的每一件事，一一分析，却始终没弄明白有什么失误。

转念一想，康正又觉得，即便那个警察抓住了什么线索，也应该不是决定性的证据。

就之前的状况来看，练马警察局似乎已经准备以自杀来处理此案。只要没出现足以扭转乾坤的证据,他们的方针就不会有太大改变。如果准备按他杀来调查,那么练马警察局必然会与警视厅取得联系。如此一来,双方就会组成一个搜查本部,展开大规模调查活动。要是事情闹到这种地步,那么辖区警察局最担心的就是案件最终还是以自杀定论。动用了如此多的人力物力,最终却查明并无犯罪行为,不光辖区警察局局长会颜面扫地,还会在许多方面招致麻烦。而且,就练马警察局的情况而言,为了解决前不久发生的女职员被杀案,他们刚成立了搜查本部。康正很清楚,在这种情况下,辖区警察局必定会慎重行事。

没事,让那个加贺去闹好了。事情的真相要由我亲手揭开。康正喝了一口啤酒,将目光投向前方。灵台中央的遗照里,园子露齿微笑。

叮。声音忽然响起。

康正扭头望去。声音来自电梯。康正有些惊讶,都这时候了,还有谁会来?

电梯门缓缓开启。出现在门口的是一名身穿黑色外套的年轻女子。女子脸很小,一头短发。

看到康正,女子缓步走来,脚步声在空荡荡的大厅中回响。她直直盯着康正,目光中隐含着古董人偶般的深邃和神秘。康正一时间还以为她是来主持守灵仪式的人。

"请问……"女子停下脚步,压低嗓门问道,"和泉园子小姐的守灵仪式是在这里举行吗?"

这声音曾经听过。康正站起身来。"是弓场小姐吗?"

"啊,你是园子的哥哥吧?"对方似乎也还记得康正的声音。

"对。你特意赶来了？"

"嗯。我实在无法坐视不管。"弓场佳世子看向地面，长长的睫毛在昏暗的灯光下泛着光泽。或许是意识到场合特殊，佳世子妆化得很淡，肌肤看起来仍像少女一样细腻娇柔。

佳世子从包里拿出奠仪袋。袋上简单地印着金线草花纹。

"请接受我的一点心意。"

"十分感谢。"

康正接过奠仪袋，带着佳世子走向大厅后部的接待处，让她在名册上签名。佳世子用右手握住毛笔，写下了住址和名字。楷书干净漂亮。

"只有你一个人吗？"放下毛笔，佳世子环顾四周。

"人多实在太吵，我就请大家都回去了。"

"哦。"弓场将目光投向灵台，说道，"那个，我可以给她上炷香吗？"

"当然可以。"

弓场佳世子一边走向灵台，一边缓缓脱下外套，放到身旁的椅子上。她在园子的遗像前停下脚步。康正站在她身后，看着她的一举一动。

上香后，佳世子合掌祷告了许久。不光肩头，她黑色迷你连衣裙下的双腿也同样纤细。她的身材在日本女人中也算矮小，但她穿了一双鞋跟高得可怕的鞋，掩盖了身高上的缺陷。她体形匀称，如果再高一点，完全可以去当模特。

祷告结束，佳世子背对康正，打开手提包。康正明白，她是准备掏出手帕擦眼泪。在她转身前，康正一句话也没说。

良久，佳世子才转过身来，走下灵台，随后拿起脱下的外套。

"来杯咖啡吧？"康正说，"但只有自动售货机卖的那种。"

佳世子淡淡一笑，回答："那我就不客气了。"

"要加牛奶和砂糖吗？"

"不必了，黑咖啡就好。"

康正点点头，转身走出大厅。自动售货机就在厕所旁边。康正一边投币买下两杯黑咖啡一边开始盘算。他并没有怀疑弓场佳世子，但既然决定要调查案子，就不能放过任何人。即便她不是凶手，也很可能认识凶手。只要她的话里稍有破绽，落入康正的掌控之中，康正就有望顺藤摸瓜，揪出凶手。

康正端着两杯咖啡回到大厅，只见佳世子正坐在之前他坐的座位上。康正把右手的那一杯递给佳世子，佳世子笑着说了句"谢谢"，接过纸杯。

康正在她身旁坐下。

"说实话，我不清楚这一切到底是怎么回事。"

"嗯，我跟你一样。真没想到园子居然会这么做。"说着，佳世子轻轻摇了摇头，把纸杯端到嘴边。

"昨天在电话里也说过，我实在不明白她为什么要自杀。弓场小姐，你是否知道什么？"

佳世子闻言抬起头来，连连眨眼，长长的睫毛泛着光泽。"可报纸上不是说她有自杀动机吗？"

"你看过报了？"

"对。昨天接到你的电话后，我就到附近的咖啡馆翻了一下报纸。

报纸上说，园子生前曾向家人透露，说她已经厌倦了大都市的生活。"

佳世子说的这条报道康正也曾看过。但他实在不方便告诉对方，这不过是他随口胡说的罢了。

"嗯，这么说也不无道理，但我觉得原因不会只是对都市生活感到厌倦，应该发生过直接导致她萌生自杀念头的事情。我想知道的正是这一点。"

"啊。"佳世子点点头。

"你能想到什么吗？"康正问。

"从昨天起，我就一直在想这个问题，可还是没头绪……也许我也疏忽大意了。"

"你最后一次和我妹妹交谈是在什么时候？"

"让我想想……"佳世子歪了歪头，"大概是……两个星期前吧。当时我们在电话里聊了几句。"

"是谁打给谁的？"

"我记得是她打给我的。"

"你们都聊了什么？"

"呃，我回忆一下……"弓场佳世子把右手贴在面颊上。长长的指甲泛着美丽的光泽。康正不由得心想，如果再涂上红色指甲油，一定会散发出妖艳的魅力。"我记得没说什么特别重要的事。也就是随便聊聊，比如最近买了什么衣服，还有过年时的计划之类。"

"那园子当时有没有请你帮忙出什么主意？"

"没有。如果有，我肯定会记得。"说着，弓场佳世子喝了口咖啡，纸杯上留下她淡淡的口红印。

"你经常去找园子玩吗？"

"以前经常去，但最近比较少了……今年夏天就只去找过她一次。"

"哦。"

"真是抱歉，没能帮上什么忙。"

"没事。"康正也喝了口咖啡。咖啡里只有苦涩，完全感受不到半点香气。

尽管有些犹豫，康正还是决定先打出一张牌，试探一下对方。

"有件事，我想向你请教一下。"

"什么事？"佳世子似乎有些紧张。

"园子生前谈过恋爱吧？"

康正一问，弓场佳世子微微张开嘴，露出一副措手不及的表情。这个问题或许出乎了她的预想。她低下头，把目光投向手里的纸杯。

"怎么样呢？"康正问道。

佳世子抬起头。"你是说吉冈吗？"

"吉冈……他是干什么的？"

"他和园子……他曾经跟和泉小姐在同一栋楼里上班。"

"他们是一个公司的？"

"不，在同一栋写字楼上班，但公司不一样。我记得他当时在建筑公司工作。"

佳世子的说法让康正有些在意。她的每一句话都带有"过去"的含义。

"园子和这人谈过恋爱？"

"对。但是……"佳世子说，"他们应该在三年前就分手了。"

"三年前？"

"是的。听园子说,吉冈必须继承家里的买卖,就回九州福冈去了。当时他似乎跟园子提过,让园子跟他回去,但园子拒绝了。"

"这样就分手了……"

"是的。"

"你知道吉冈的全名吗?"

"好像叫修。"

"吉冈修啊……"

康正回想起贴在园子住处的冰箱门上的纸条。如果"Kayoko"是指弓场佳世子,那么那个"J"指的应该就是园子的男友。但吉冈修这个名字跟"J"完全无关。①

"园子最近应该还和别人谈过恋爱。你听说过吗?"

"这我就不清楚了……如果真有这样的人,我想她应该会立刻告知我的。"

"是吗?"康正依旧觉得自己的直觉没错。他确信园子还有其他对象。但她为什么连密友都没告诉呢?

弓场佳世子看了眼手表,康正也不由得把目光投向自己的手表。这时间已经不适合挽留年轻女子了。看到她手里的纸杯已空,康正站起身来。"耽误了你这么长时间,真是抱歉。你今晚住哪儿?"

"我回父母家住。我必须明天一早就赶回东京,所以葬礼就……"

"我知道。你今天能来,如果园子九泉有知,一定会很开心的。"

"但愿如此。"

弓场佳世子把纸杯放到椅子上,打算披上外套。康正从她身后

---

① "吉冈修"的日语发音为"Yoshioka Osamu"。

帮她披起衣服。一瞬间，康正的目光落到外套袖口的一根头发上，他若无其事地用指尖拈起那根头发。

两人一起走到电梯前。康正摁下按钮，电梯门立刻开了。

"那我就告辞了。"弓场佳世子说。

"我送你下去吧。"

"不必了，园子也希望能有人陪陪她。"佳世子独自走进电梯。

康正低头致谢。临关门前，他看到佳世子露出微笑。

他从口袋里掏出纸巾，小心翼翼地包起刚才采集到的头发。

翌日的葬礼隆重而肃穆，不至于让人觉得园子有多凄惨。葬礼上出现了许多昨天没露面的园子的中学同学，后来康正才得知，这些人都是接到弓场佳世子的通知才赶来的。

等到所有仪式结束，康正回到家里时，已经是晚上七点了。他把遗骨和遗像在佛坛上安置好，又给妹妹上了炷香。随后，他再次仔细检查出席葬礼的人的名册，但还是没能找出那个似乎与园子关系特殊的男人。

康正走进客厅，在沙发上坐下，从身旁的包里拿出一个纸盒，里边是他在园子住处采集到的毛发。他已根据长短、表面特征等情况将这些毛发分成了三种。为了方便，他分别称它们为 A、B、C 三类。从长短来看，A 类估计是园子的，剩下的 B 和 C 之一应该就是凶手的。这两类头发都比较短。

康正从外衣口袋里掏出一张折得整整齐齐的纸巾，正是他昨晚用来包裹弓场佳世子头发的那张。

他用便携式显微镜仔细观察了一番。即便不做化学分析，各人的头发也都能根据色泽和表面状态大致区分。

结果立刻得出。毫无疑问，弓场佳世子的头发和B类头发完全一致。

康正想起她说过，今年她只在夏天时去过一次园子的住处。

3

葬礼翌日，康正乘新干线前往东京。他再不敢开车去东京了，这不光因为上次来的时候被堵惨了，同时还有道路不熟的原因。

坐在新干线"光号"的一号车厢，康正一边嚼三明治，一边摊开东京地图，计划今后的行动。单位给了三天丧假，所以在包括今天在内的三天里，康正必须尽可能掌握相关线索。时间紧迫，一分一秒都不能耽搁。

午后，康正抵达东京。下了新干线，他先后换乘山手线和西武线，来到园子住的公寓楼前。几天前，路边还停满警车，如今已成了各种商用车和卡车的临时停车场。康正瞥了一眼那些车，走进公寓楼。

康正已经找房地产公司问过入口处信箱的密码。他快速打开信箱，里面只有几封广告信函。至于报纸，估计早已结过账，停止派送了。

园子已经把房租交到了下个月，即明年一月。至于今后如何处理，还要等康正今天和房地产公司商议过后再决定。双方的合约还剩下三个月。

康正掏出钥匙，开门进屋。屋里还残留着淡淡的香气，应该是化妆品和香水散发出来的。想起妹妹，康正心中不由得泛起一丝惆怅。

屋里的状况和发现尸体那天警方撤离时完全一样。除了那些被警察翻过的地方，其余地方基本上还保留着案发时的样子。

康正把包放到床上，从里面拿出照片。这些照片都是那天他报警前在房间里拍下的。

康正站在客厅中央，试着在脑海里重现周五夜里发生的事。要想查明究竟是谁杀了园子，先决条件就是弄清凶手的行凶方式。

园子是在那天晚上十点给我打来电话的……康正开始推理。

电话大概在十点半左右挂断。凶手应该是在电话挂断后进入园子住处的，而且并非偷偷潜入，是堂而皇之从大门进入的。

园子并没有在电话里提到有人会来，所以凶手应该是忽然到访的。当时时间已经不早，在那种时候毫无预告就跑来，应该是和园子关系很亲密的人。只有弓场佳世子或园子的男友才能满足这样的条件。

而且，来的时候还带了瓶葡萄酒。

只有关系亲密的人才会清楚园子的嗜好。来人或许曾对园子说过这样的话："我是来道歉的。你能一边喝酒一边听我解释吗？"也可能说过这样的台词："以前我背叛了你，现在很后悔。请你原谅我吧。"

园子是个滥好人，听到这样的话，估计就不会再揪住不放了。就算心里多少还有些别扭，她也会听信来人的话，真心以为对方已经有所悔悟，让对方进屋。

进屋之后，来人让园子找来两个酒杯，倒上葡萄酒。软木塞究竟是谁动手拔出的，康正不得而知，但不管怎样，此后开瓶器就一直插在软木塞上。

"要是能有点下酒菜就好了。"凶手提议,此举就是为了让园子起身离席。也可能是凶手把买来的小菜递给园子,让园子去装盘。园子毫无戒心地立刻起身。她一向觉得,不管别人心中对自己有多大仇恨,都不可能动手杀自己。康正很清楚这一点。

但凶手趁机往园子的酒杯里放入安眠药。园子毫不知情,再次坐到凶手对面。

然后——

康正开始想象。见对方若无其事地举起酒杯,说了句"干杯",园子便与对方轻轻碰杯,转瞬之间,杯中透明的金黄色液体流过了她的喉咙。

此刻的凶手想必已经竭尽全力,设法让这场戏演得天衣无缝。凶手的目的就是让园子一口口把酒喝完。为了达到目的,凶手可以许下任何誓言。

但这场戏其实并不需要演很长时间。没过多久,安眠药就开始发挥效用。园子闭上双眼,身子一歪,陷入沉眠。凶手等候已久的时刻终于来临。

想到这里,康正掏出记事本,尝试推测从凶手来访到园子睡着大概用了多长时间。虽然还得考虑到安眠药的药效,但毕竟事情得一步步来,如此一想,半小时内应该无法令园子倒下。康正于是在记事本上写下"至少四十分钟"。

他起身走进卧室,在桌旁单膝跪地,低头看着地毯,想象园子躺在地上的模样。

当时园子穿的是不是便服呢?

发现园子的遗体时,她穿的是睡衣。那身睡衣究竟是凶手给她换上的，还是凶手来访之前，她自己换上的呢？

康正的目光落到床边的藤篮里。发现遗体时看到的那件淡蓝色毛线开衫依旧放在那里。

康正走出卧室，开始调查浴室。打开浴缸盖子，康正发现浴缸里还有半缸水。大概是撒了温浴剂的缘故，水泛着幽幽的淡蓝色。水面上漂浮着几根头发，毛巾专用挂钩上挂着蓝色毛巾，而墙上的吸盘式挂钩上挂着浴帽。

康正回到卧室。结论已经出来了。从浴缸的水里掺了温浴剂和水面上漂着头发这两点来看，园子当时应该已经洗过澡了。因此在凶手到访时，园子可能早已换上睡衣。至于那件毛线开衫，大概是园子披在睡衣外边的。

如此一来，凶手的工作就会轻松许多，只须把园子身上的开衫脱掉，然后把她放到床上就行。

不，凶手或许是杀了园子后才将她放到床上的。

康正开始推算园子的体重。园子绝对算不上娇小玲珑。她的身高绝不低于一米六五，但体形偏瘦。尽管康正已经有一段时间没见过她，但从未听园子说她忽然长胖，而且在发现园子的遗体时，康正也并不觉得她与以前有太大差别。综合考虑，康正猜测园子的体重应该在五十公斤上下。如果凶手是个男人，应该轻易就能把熟睡的园子放到床上。那如果凶手是纤弱的女人，情况又会怎样？

如果用力拖拽，凶手或许能勉强把园子弄到床上。但那样做很可能会把园子弄醒。如果凶手是女人，那就应该是先把园子杀掉，再把她弄到床上。

不管怎样，接下来，凶手应该就会开始动手，将整个现场布置得有如自杀。

就像康正对加贺讲述的那样，园子确实有将电热毯接到老式计时器上后垫着睡觉的习惯。或许就是因为深知她这种习惯，凶手才想到用那种办法将现场布置成自杀。当然，凶手必然很清楚，在经历过当年的同学之死后，园子认为触电身亡是种绝好的自杀方法。

凶手拔下了插在计时器上的电热毯插头。加贺说过，正是电热毯的电线使园子触电身亡的。

依照康正的推理，凶手应该找过剪刀，以便剪断电热毯的电线。康正环视周围，目光所及之处并没有剪刀之类的东西。这一点和他此前的预想一样。

没能找到剪刀，凶手只好把整条电线从电热毯上拆下。但电线上还连着调节温度的控制器。无奈之下，凶手只好把电线拿到厨房水池旁，用菜刀切下电线。

电线由两根导线并在一起组成。凶手把电线分成两根，然后像削铅笔一样，用菜刀将两根导线端头的塑料外皮削去两厘米左右，让导线芯裸露在外。而削下的塑料碎屑就残留在了操作台上。

康正走进厨房，试着再现凶手当时的行动。只要不是笨得出奇，做这事连十分钟都花不了。

他回到卧室，再次环视周围，目光落到放在书架中间的宽胶带和透明胶上。

凶手当时应该就是用这两卷胶带中的一卷，把电线一头贴在园子胸前，再将另一头贴到她身后。随后，凶手再次把插头插到计时器上。

问题的关键就在这里。凶手在设好计时器后就径自离开，电流随后才流过园子身体……是这样吗？

应该不是。康正心想。凶手这样做根本就没有任何意义。万一园子在计时器到点前忽然醒来，或是在熟睡时翻身把电线弄掉了，凶手就枉费心机了。只要不是智力有问题，凶手必然会当场通电，让园子身亡。

康正尽可能真实地在脑海里再现这一幕。凶手调整计时器的时针，当时针旋转到某个地方的瞬间，咔嚓一声，开关打开。一瞬间，园子颤抖了一下，或许还曾经睁开眼睛瞪着天花板。之前那有规律的呼吸瞬时停止，园子半张着嘴，全身僵硬。

不一会儿，园子就成了再没有半点生命的人偶。就这样，在康正脑中，园子再次死去。

悲伤与愤怒再次紧紧包裹住康正的心，面部下意识地变得僵硬，表情也扭曲起来。他只觉得身体燥热，内心冰凉。

康正紧握双拳，指甲深深嵌入掌心，双拳不住发颤，很久才停下。他做了几个深呼吸，松开拳头，手掌上残留着一块块发红的印记。

园子的面庞无意间在他的脑海中复苏，但那是很久以前的园子。那时她还在念高中。她站在家门口，抬头看着西装笔挺的康正，说："今后大概很难见到你了。"

那天是康正出发去春日井念警校的日子。待在学校时自不必说，即便毕了业，估计也得在宿舍里住上一段日子。

可是，当时的康正并不在意妹妹的话。想要见面的确很难，但并非彻底见不到。况且他满脑子都是进入未知世界前的憧憬与不安。能不能和妹妹见面，对他来说其实无所谓。

可每次想起父母双亡，人世间就只剩下妹妹一个亲人，康正就会暗自发誓，告诉自己一定要让妹妹幸福。如果不这样做，自己就枉为和泉家的长子，也没资格做园子唯一的哥哥。

尽管上门来提亲的人不少，可康正一直没动过成家的念头。因为一旦成家，他或许就只顾得上妻儿，再难照顾园子了。

而且——

康正回想起园子背上那块星形疤痕。当时园子还在念小学，赤裸上身睡着了，康正一不留神，把热水洒到了她背上，留下了那处永不消逝的印记。康正自然不是故意的，当时他想挪动盛有开水的水壶，但一不留神，热水溅了出来。园子的悲鸣与哭声至今萦绕在康正耳边。

"要是没这块疤，我就可以穿比基尼了。"长大之后，每到夏天，园子就会幽怨地说。

"就算穿上比基尼也没人愿意看哦。"

每次听到妹妹的抱怨，康正都会反唇相讥，可内心深处却满是歉意与愧疚。那块星形疤痕必然已在园子内心留下伤痕。康正觉得，至少要等到那个能让妹妹忘记此事的男人出现，自己的补偿才能结束。

但这一天终未能到来。

康正抹了抹脸。园子死后，他从未落过泪，对此就连他自己也觉得有些不可思议。流泪的开关早已在他的脑海里麻痹生锈。康正瞟了一眼刚刚抹过脸的掌心，只见泛着闪闪的油光。

他再次开始推理。这次推理的起始点在凶手杀害园子之后。

如果凶手是女人，那么就应该是在杀园子之后，再把尸体搬到床上的。然后，凶手给尸体盖上被子，制造出园子自己躺下的假象。

至于安眠药，也必须让人觉得是园子自己吃下的。所以凶手把空药袋放到桌上，又在园子身旁放了半杯葡萄酒。警方或许会从酒里检测出安眠药，但因为存在安眠药是园子自己下到酒里的可能，所以这么做对凶手没有任何不利。关键还在于凶手用过的酒杯。如果将那个酒杯放在桌上，就等于在告诉警方曾经有人和园子一起喝酒。因此，凶手把酒杯拿到水池边冲洗干净。

想到这里，康正不由得心生疑惑。凶手为何只洗了杯子，却没把杯子擦干并放回橱柜里呢？如果说凶手的目的在于消灭证据，那就必须这样做。凶手如此精明狡猾，不可能忘记这么重要的事。

另外，葡萄酒瓶也是一个疑点。

凶手和园子两人当时不可能喝光整瓶酒。凶手动手杀园子时，瓶里应该还有酒。凶手为什么要把那些酒倒掉呢？

有一种可能，即安眠药并非是凶手在和园子一起喝酒时放的，而是来园子家之前就放入酒瓶。如此一来，为了消灭证据，凶手只能把酒全部倒掉。

康正转念又想：凶手真会用这种办法吗？酒瓶是否打开过，只要看上一眼，就能分辨出来。更何况园子对葡萄酒知之甚详，开瓶前必定会仔仔细细打量一番。而且如果把药下到酒瓶里，药效就会被酒稀释，下的分量要足够多才行。最重要的是，要是酒里有安眠药，凶手自己就绝对不能沾酒。

不管怎么想，凶手都不大可能事先下药。但如果凶手没往瓶里下药，那为什么要把剩下的酒都倒掉呢？

康正在记事本上写下"葡萄酒、酒瓶"几个字，又在旁边打了个问号。

不管怎样，凶手最后倒掉了瓶里剩下的酒，把酒瓶扔进垃圾桶，随即准备逃离现场。在逃离之前，凶手得把所有门窗都关好。凶手绝对不能用园子的钥匙锁门。否则事后一旦有人报警，警方又找不到钥匙，就必定招致怀疑。所以凶手使用了备用钥匙。离开公寓后，凶手用备用钥匙锁上房门。

康正在包里翻了一阵，拿出一把钥匙。这把钥匙以前是放在房门内侧上的信箱里的。凶手当时锁门用的钥匙应该就是它。

推理至此，康正心中又萌生两个疑问。凶手是如何弄到这把备用钥匙的？还有，锁好门后，凶手为何要把它放回信箱？

那把备用钥匙也并非无法解释。或许钥匙是园子配好备用的，结果却让凶手发现了，这种情况也很有可能。如果凶手是园子的前男友，而备用钥匙是园子亲手给他的，那就更没问题了。

康正不明白的是凶手把钥匙放进信箱这一点。难道凶手就没有想到这么做会引起警方怀疑吗？还是凶手必须这样做？

康正在记事本里写上"备用钥匙"，打了个问号，又画上两条下划线。照这样下去，有问题的地方会越来越多。事实上，康正心中也还存在许多疑问。比如残留在盘子里的纸灰和园子的死之间应该也存在某些关联。

弄不懂的事的确很多，可是——

"我一定要亲手解开这些谜。"康正喃喃道，向着记忆中的妹妹发誓。

正在这时，电话响了起来。

听到原本不该响的东西忽然响起，康正痉挛般跳了起来。虽然还没停机，康正却猜不出到底还有谁会往这里打电话。但仔细想想，可能有人还不知道园子已死。

无线电话的母机安装在客厅的墙上。康正一边把手伸向话筒，一边在脑海中设想各种可能。如果打来电话的是园子的前男友，那就必须小心应对。对方或许并不知道园子已死，所以才打来电话。如果对方表现得一无所知，那就表明他并不是凶手。但站在康正的角度，必须确认对方是否真的不知情。该怎么办？

如果对方表示不知道园子已死，那就告诉对方自己是园子的哥哥；如果对方知道，那就自称警察好了。下定决心后，康正拿起话筒。

"喂？"

"您果然在。"话筒里传出的声音完全出乎预料，"我是练马警察局的加贺，前两天曾和您见过一面。"

"啊……"康正顿时语塞。他实在不明白加贺怎么知道他在这里。

"我打电话到丰桥警察局，那边说您这星期休息，后来我又给您家打了电话，同样没人接，所以我想您大概来这里了。还真让我猜对了。"

加贺充满自信的语气让康正隐隐感到不快。

"你有什么急事吗？"康正故意强调"急事"两个字，想让加贺听出话里的讽刺。

"我又想起一些事来，想要问您，而且我还有些东西要还给您。您来一趟也不容易，希望能和您见个面。"

"行啊。"

"是吗？那我现在就来找您，可以吗？"

"现在？你准备直接来这里？"

"对。您是不是有什么不方便的？"

"不，也没什么……"

站在康正的角度，他并不想让那个警察再次观察这间公寓，可又想不到什么合适的借口回绝。而且加贺手里究竟掌握了怎样的线索，康正也很感兴趣。

"好的。我等你。"无奈之下，康正只好如此说道。

"那就打搅了。我大概二十分钟后到。"说完，加贺挂断了电话。

二十分钟——

时间紧迫，康正赶忙把拿出来的那些重要证据全都塞回包里。

4

二十分钟后，加贺准时出现，一身黑色西装外披着深藏青色羊毛外套。见到康正，他第一句话就是"天气转凉了啊"。

康正和加贺隔着餐桌相对而坐。康正在园子的公寓里找到了咖啡机、咖啡粉和滤纸，他打算用这些东西冲两杯咖啡。打开电源，还没过一分钟，热水便开始注入咖啡粉，屋子里飘起一股醇香。

加贺说他是来归还前些日子借走的东西的，把园子的笔记本和存折还给了康正。康正确认后在加贺递来的文件上署名盖章。

"后来您有没有再发现什么？"加贺一边收起文件一边问。

"你指什么？"

"有关令妹之死的信息。哪怕只是一丁点的小事也没关系。"

"唉。"康正刻意叹了口气，"举行葬礼那天，东京来的人真是少得可怜。园子的公司只派了个面无表情的股长来，当时我简直不敢相信。园子在东京已经住了十年，公司里居然连个愿意来看看她的人都没有。光凭这一点，我就能猜到园子之前在东京的生活究竟有多么孤独了。"

加贺轻轻点了点头。"她在公司里确实没有关系要好的朋友。"

"她公司那边你也调查过了？"

"对，就在发现令妹遗体的第二天。"

"哦？嗯，过段时间，我也还得去她公司一趟。"至于那些烦琐的手续，康正早已在葬礼上和那位股长商议好了。"那，她公司里的人都怎样看待她的死呢？"

"大家都很震惊。"

"想来也是。"康正点了点头。

"只不过其中也有几个人说，看到令妹之前的样子，就觉得她说不定要出事。"

"什么意思？"康正探了探身子。对于这种话，他决不能置若罔闻。

"据那几位同事说，在令妹过世的前几天，她确实有些不大对劲。他们和令妹说话，令妹也不愿搭理，而且令妹还总犯低级错误。这么说的人不止一个，所以我想令妹当时应该确实如此。"

"是吗……"康正皱起眉，缓缓摇了摇头。这并非是在演戏。他站起身，向准备好的杯子里倒入咖啡，把其中一杯递给加贺，"她果然一直很痛苦，真可怜。要加牛奶和砂糖吗？"

"谢谢。不必了，我就喝黑咖啡好了。但是……"加贺说，"如果事情真像您所说，她是因为不习惯都市生活的寂寞才自杀，我想她在平日里就会有所表现。可她为何会从上周起忽然表现出来，甚至就连同事也能看出来呢？"

"……你这话什么意思?"

"假设令妹的确是自杀身亡,而自杀的原因也正如您之前所说,那么最近应该发生过促成她自杀的事。"

"或许有吧。"

"您对此是否了解呢?"

"我也不大清楚。我不止一次地说过,在周五夜里接到那通电话之前,我们兄妹俩已经很长时间没联系过了。如果我了解,早就跟你们说了。"康正明知在面对刑警的时候绝对不能表现出焦躁情绪,可还是忍不住吼了起来。

"是吗?"加贺似乎根本就没在意康正的语气,"我也问了令妹的同事,但他们都没能给出确切的说法。只不过……"说着,他低头看了一眼记事本,"上星期二,令妹说身体不舒服,向公司请了假。第二天来上班时,令妹的样子似乎就开始不大对劲了。"

"哦?"康正第一次听说这件事,"也就是说,星期二那天发生过什么?"

"要么是星期二,要么是星期一晚上。我认为这样的推测没有什么不妥,您觉得呢?"

"这我就不清楚了。或许你说得没错。"

"为了避免疏漏,我就星期二那天的情况四下打听了一番。结果,住在和令妹的公寓相隔两间房的女士说,她曾经在星期二白天看到令妹出门。那位女士是美容师,星期二正好休息,记得很清楚。"

"大概是出门买东西吧?"

"也有这种可能,但当时的情况让人感到奇怪。"

"怎么了?"

"令妹当时的衣着很特别,她穿着牛仔裤和运动衫,光是这样倒也没什么,关键在于令妹不光用围巾遮住口鼻,还戴了副太阳镜。"

"哦……"

"您难道就不觉得奇怪吗?"

"的确有点。"

"她是否是在掩饰相貌,不想让别人认出来呢?"

"不会是长针眼了吧?"

"之前我也这么想,就找鉴定科的人看了一下尸体的照片。"说着,加贺把手伸进上衣内兜,"要不您亲自过目一下?"

"不必了……你直接告诉我结果吧。"

"令妹去世时面容清爽整洁,既没长针眼,也没长痤疮。"

"太好了。"康正不假思索地说道。妹妹死时是干净漂亮的,这也算是一种微不足道的心理慰藉吧。

"如此一来,"加贺说,"令妹很可能是要去一处她不愿抛头露面的地方。您有什么线索吗?"

"完全没有。"康正摇摇头,"园子从来不会去那些不三不四的地方。"

"而且当时还是白天。"

"对。"

"那关于这点,就劳您费神再想想了。如果您想到什么,请务必联系我。"

"但你也别抱太大希望。"

康正喝了口咖啡,感觉太浓了。

"接下来想向您请教的是……"加贺再次翻开记事本,"令妹平日对设计是否感兴趣?"

"设计?什么设计?"

"什么设计都行。服装设计、家装设计,或者海报设计之类的。"

"我实在不明白你为什么这么问。我妹妹和设计有什么联系吗?"

加贺闻言,指了指康正手边。"刚才我还给您的笔记本的最后有通讯录,其中一条是一家看似与令妹毫无关系的公司的电话。那家公司叫计划美术。"

康正翻开园子的笔记本。"的确有这么一条。"

"我调查了一下,这是一家设计事务所,承接各类设计。"

"哦……你已经问过这家事务所了?"

"问过了,但那里的人却说不认识令妹。您不觉得有些奇怪吗?"

"的确。所有员工你都打听过了?"

"呃,说是事务所,其实只有一个兼任设计师的经营者和一个来打工的艺校大学生。那个学生是从今年夏天才开始到那里工作的。"

"那个兼任设计师的经营者是个什么人?"

"那人叫藤原功。您听说过吗?"

"没有。"

"那您是否听说过绪方宏?这是那名艺校大学生的名字。"

"也没有。我妹妹平日聊天时哪怕聊到女性朋友,也不会说出名字,更何况这两个还是男人。"

"是。但为了避免疏漏,我再向您打听一个人。您听说过佃润一吗?"

"佃润一……"

康正忽然想起了什么。数秒后,他脑中闪过一线亮光。

润一。发音首字母是"J"。①

"这又是谁?"为了不让加贺有所觉察,康正故作镇定地问道。

"他之前在这家事务所打工,一直待到今年三月。但听说从四月起,他就去出版社上班了。"

"你也找他打听园子的事了?"

"我打电话问过,但他也说不认识令妹。"

"是吗……"

这个人是否就是纸条上的J?康正目前还无法做出任何判断。如果此人正是J,那他绝不可能不认识园子。不管怎样,康正都必须尽快确认这一点。

"我知道了。我这两天准备收拾一下妹妹的遗物,我会留意,看看是否有与这家事务所有关的物品。"

"那就拜托您了。"加贺低头致谢。他收起记事本和笔,"打搅了这么久,真抱歉。今天我就先告辞了。今天您还有什么安排吗?"

"我和房东约好要见面。"康正实话实说。他希望这公寓能再多租几天。

"这样啊,真是辛苦。"加贺起身说道。

"这件事你们打算调查到什么时候呢?"康正问。他故意避开"案子"这个词,为的就是表现自己对此事的观点。

"我们也希望能尽快查明真相,结案归档。"

"我不明白。之前听山边警官说,你们已经打算以自杀来结案了,不是吗?"

---

① "佃润一"的日文发音为"Tsukuda Junichi"。

"或许最后会如此，但要想结案，总得先提交一份完美无缺的报告。有关这一点，我想和泉警官您自己也应深有体会。"

"这我明白，但我不懂你们到底还觉得有什么不足。"

"这个嘛，就我个人的办案方针来说，但凡遇到案件，不管如何调查都不为过。很抱歉，耽误您时间了。"加贺低头致歉。在康正看来，加贺的每一个动作，哪怕只是低头，都另有深意。

"解剖结果如何？"康正改变了提问的角度。他想弄清眼前这个警察手里到底有什么牌。

"您指什么？"

"是否有什么疑点？"

"不，基本没有。"

"那么，就只做了行政解剖？"

在行政解剖过程中，一旦医生发现尸体存在问题，就会立刻联系警方，转入司法解剖程序。司法解剖时，警方必须派出人监督解剖过程。

"是的。您想了解什么吗？"

"倒也没什么……"

"据医生说，令妹死时胃里基本没有残留物。虽然没到绝食的程度，但也几乎没吃东西。这是自杀者的常见特征之一。"

"是因为没胃口吗……"

"对。"加贺点点头。

为了掩饰内心的悲伤，康正抹了抹脸。他的耳边再次回响起妹妹临死前打来的电话。

"血液中的酒精浓度如何？前两天你不是还很在意，希望查明我妹妹死前到底喝了多少酒吗？"

"是的。"加贺再次翻开记事本，"血液里有一定酒精，但含量不大。如此看来，估计就像您所说，令妹死前喝的是剩酒。"

"那安眠药呢？"

"也检测到了。对了，我们还从酒杯里检查出了相同的药物成分。"

"哦。"

"感觉有点奇怪。"加贺合起记事本说道，"一般人应该不会这样吃药。正常情况下都是把药塞进嘴里，然后再喝水服用。"

"把药掺到葡萄酒里，这种做法也没什么问题啊。"

"话是没错……"加贺有些欲言又止。

"死因是触电？"康正转移到下一个问题。

"是的。除此之外，尸体上没有任何外伤，内脏也没有任何异常。"

"如此说来，园子就如愿以偿，毫无痛苦地离开了人世。"

听到康正的话，加贺并未做出任何回应，只说了一句"那我就告辞了"，随即披上外套。突然间，他转过头来说："啊，对了，我还有件事要找您确认一下。"

"什么事？"

"您之前说计时器是您摁停的，对吧？"

"对。"

"但当时您没碰过令妹的身体，是吧？"

"应该没有。怎么了？"

"呃，其实也没什么，只是在查看尸体时，我们发现粘在胸口的电线脱落了。再说得准确一些，粘住电线的创可贴稍稍松开了，导线并没有紧贴胸口。"

"大概是无意中被扯掉的。"

"我也这么觉得,但到底是什么时候被扯掉的呢?令妹触电身亡的瞬间,电线应该紧贴胸口。停止呼吸后,令妹就不可能动过。这样一来,也就不存在无意中被扯掉的问题了。"

康正吃了一惊。他确实没有碰过电线和园子的身体。他曾在报警前做过手脚,但为了避免日后招来麻烦,他连一根指头也没碰过尸体。可他没想到,当时尸体已经处于不自然的状况。电线之所以会脱落,必定是因为凶手曾经挪动过尸体。这下子,康正必须想办法驱散加贺心中的怀疑。

"大概是我弄的。"康正说,"或许我不小心碰到尸体,电线就脱落了。只有这一种可能。"

"可您曾经说您并没碰过尸体。"

"不,事实上,如果你们要揪着我问是不是真没碰过,我还真不敢保证。我记得我好像曾经隔着毯子摇晃妹妹,想叫醒她。电线应该就是那时脱落的。"

加贺挑了挑眉。"您要这么说,这件事也就立刻解决了。"

"解决不好吗?抱歉,我的回答不太准确。毕竟我当时有些慌神,给你们添了不少麻烦。"

"不,没有这回事,请您别在意。"加贺穿上鞋,看起来是真的准备告辞了。可他敏锐的目光又落到鞋柜上。"这是……"他盯着一摞广告问道。广告都是康正刚才从信箱里拿出来的。

"全都是广告,一封信都没有。"

"哦?"加贺拿起广告,"我可以拿去看看吗?"

"请便。送你好了。"

"那我就不客气了。"说完,加贺把广告全都塞进外套口袋。在康正看来,那些广告根本就没有任何价值。

"后会有期。"加贺说。

"随时欢迎。"康正目送加贺离去。

就在康正准备锁门时,他忽然感觉到事情有些不对,原因就在于加贺刚才的一句话。

康正很想叫住加贺问个究竟,但他不能这么做,否则加贺就会像条食人鲳,再次紧紧咬住他不放。

加贺提到一样东西——创可贴。

加贺说,凶手把电线粘到园子身体上时使用了创可贴。而在发现尸体时,创可贴已经脱落。

康正走进卧室环视四周。他稍稍抬头,将目光投向高处,很快找到了想找的东西。书架顶上放着一个木质药箱。康正伸出两手拿下箱子,坐在床上打开箱盖。

感冒药、肠胃药、眼药、绷带、体温计……箱子里整齐地摆放着各种药品和急救用品。其中有一盒创可贴,宽度大约一厘米,还剩下一半没用。

凶手当时就是用它把电线粘到园子身上的……

警方绝不可能没发现这一点,大概已经采集过指纹。分明如此,他们却什么都没说,大概因为他们只发现了园子的指纹。

康正合上药箱,把它放回原处。

他抬头看钟,快到三点了。不管怎样,今天他都必须去见一见房东,跟房东商量一下暂时续租的事情。如此重要的杀人现场,康正无法轻易放弃。

夜里，康正决定试着给 J 打电话。

拿起电话前，他已经准备好了多种应对方式。如果对方确实与本案有关，他就不能轻易说出真实姓名。

他舔了舔嘴唇，做了个深呼吸，摁下电话号码。

三声长音之后，电话接通了。

"喂？"是男人的声音。对方并未报上姓名，这与康正的期待不同。

"喂？"

"请讲。"

看起来，在康正自报家门前，对方不准备说出姓名。这或许也是一种在大都市生存的技巧。康正决定赌一把。

"请问……是佃先生吧？"

对方并未立刻回应。康正心说不妙，莫非是自己弄错了不成？但过了两三秒，对方答道："对，是我。"

康正不由得握紧话筒。他的直觉没错，但关键还得看之后的进展。"是佃润一先生吧？"

"对。那个……请问是哪位？"对方的声音中夹杂着一丝惊异。

"我是警视厅搜查一科的相马。"康正故意加快语速，以免被对方听出破绽。

"有什么事吗？"光从声音上，就能听出对方已有所防备。

"我想问您有关一桩案件的情况，不知您明天是否有空？"

"什么案件？"

"详细情况见面后再谈吧。不知能否和您见上一面？"

"嗯，这倒没问题……"

"明天是星期六,您应该不上班吧?"

"我明天在家。"

"那我中午一点左右前去拜访,不知您方便吗?"

"嗯,可以。"

"那,还请告知一下您的详细地址。"

打听到住址后,康正说了句"那就拜托了",挂断了电话。只是这么点小事,他却已觉得心脏似乎随时都会蹦出来。

5

翌日午后,康正离开园子的公寓。风很大,吹得衣角不停翻动。康正只觉得双颊冰凉,耳朵生疼,腋下却一片潮湿。

佃会怎样出牌呢?

J果然就是佃润一。而且在面对加贺时,他还表示不认识园子。园子生前曾把他的号码写下贴到冰箱门上,两人的关系绝对非同一般,可他却说不认识园子,这实在让人感到蹊跷。康正无法当即判定对方是否与园子之死有关,但毫无疑问,这个人很可疑。

手里攥着便携式东京地图,康正接连换车,到达中目黑。看到还有些时间,康正在半路上找了家面馆,吃了碗天妇罗面。

来到佃在电话里告知的住处,一栋带自动锁的九层公寓伫立在康正面前,茶褐色的外墙给人一种恬静舒心的感觉,与周围的高级住宅融成一片。康正不由得有些嫉妒:今年才刚上班的毛头小子,为什么能住进如此高档的公寓?

走进正面玄关，首先是一道玻璃门，门旁有连接各户的对讲机。康正看了看排列整齐的信箱，七〇五室的信箱上嵌着一块写有"佃润一"字样的名牌。

康正摁动按钮，呼叫七〇五室。玻璃门另一侧是宽敞的大堂。管理员的房间在电梯对面，管理员制服笔挺。

"哪位？"扩音器里传出说话声。

"我是警视厅的相马。"康正冲着麦克风说。

啪嗒一声，门锁打开了。

在七〇五室等待康正的年轻男子身材瘦长，面颊消瘦，穿着毛衣和牛仔裤，如果换上一身进口西装，说不定还能当模特。看到此人，康正脑中首先冒出的是"美男"二字，随后便感觉园子确实配不上对方。

"我是相马，在您休息时前来打搅，实在抱歉。"康正递上名片。佃润一脸紧张地接过名片，盯着看了一阵。

那本来就是警视厅搜查一科刑警相马的名片。很久以前，有个在东京犯下杀人罪的凶手逃到爱知县，并引发了交通事故，当时来找康正带走凶手的人就是相马。但如今他是否还在警视厅搜查一科任职，康正已无从知晓。

警察手册就揣在康正的上衣口袋里。这是他昨天早上从警察局拿来的。和刑警不同，交警不允许将手册带回家。话虽如此，警察局也不会专门找人站在门口，检查是否有人带走手册。

康正并不希望让对方看到手册。只看封皮还不至于出问题，可一旦让对方看到手册里的内容，康正的身份就暴露了。

但佃润一似乎并未起疑。他说了声"请进",将康正让进屋里。

房间是约莫十二三叠的单间公寓。阳光从南面的大窗户射进来,洒满整间屋子。床、书架和电脑桌并排靠在墙边,窗户旁则放着画架,上面有一张小画布,画的应该是蝴蝶兰。

听到润一招呼,康正在地毯上盘腿坐下。

"房间不错啊。不便宜吧?"

"也不算太贵。"

"您从什么时候开始住的?"

"今年四月。呃,请问您今天找我到底有什么事?"润一似乎并不想和眼前这位不速之客拉家常。

康正决定开门见山。

"首先想问一下您跟和泉园子小姐之间的关系。"

"和泉小姐……吗?"润一的目光有些不安。

"练马警察局应该也问过您是否认识和泉园子小姐。据说您当时回答说不认识?其实您认识吧?"康正面带微笑地说。

"您为什么会这样认为?"润一问。

"我在和泉小姐的住处找到了这里的电话号码,所以昨晚才给您打了电话。"

"这样啊。"润一起身向厨房走去。看样子他准备泡茶。

"您为什么要对练马的警察说不认识和泉小姐呢?"康正边说边看向身旁的垃圾桶。垃圾桶里有沾满灰尘和头发的纸团,看起来是打扫地毯用的黏性纸。或许是因为有人要来,润一才赶忙收拾了房间。

"我不想给自己找麻烦。"润一背对着康正说道,"我和她已经分手很久了。"

"分手？这么说，您曾经跟和泉小姐交往过？"康正把手伸进垃圾桶，飞快地抽出里边的黏性纸，塞进口袋。

"对。"润一端来托盘，把上面的两个茶杯中的一个递给康正。杯中的日本茶香气馥郁。

"什么时候分手的？"

"今年夏天……不，还没到夏天。"润一啜了口茶。

"为什么分手？"

"因为……我现在上班也挺忙的，很难抽出时间来见面……或许这就是所谓的自然消灭。"

"分手后就再没见过面？"

"对。"

"哦。"康正掏出记事本，可掏出后才发现似乎没什么想记录的，"您说不想惹麻烦，才说不认识和泉小姐。这是什么意思？"

"这个，该怎么说呢……"润一翻起眼睛看了看康正，"她不是死了吗？"

"您已经知道了？"

"报上说她是自杀的。如果我说和她交往过，警方必定会揪着我问个不休。"

"所以就撒了谎？"

"嗯。"

"警察的确很缠人，您的心情我能理解——多谢款待。"说着，康正啜了口茶，"但说句实话，我实在不明白和泉小姐为什么自杀。您有什么线索吗？"

"我也不明白。我和她分手都快半年了。对了，我记得报上似乎提到了她的自杀动机。"

"您是说那句'对都市生活感到厌倦'吗？报上确实这么说过，但这种话实在太笼统了。"

"我倒是觉得动机就在于此。"

"如果自杀这一点已是不容置疑的事实，那么我们也不得不认可。但这次的情况不同。"

佃润一闻言睁大了眼睛。康正看到他的脸颊微微抽动了一下。

"您的意思是说，她不是自杀的？"

"眼下还无法下结论，但我觉得应该不是。换言之，这是一桩被伪装成自杀的杀人案。"

"有根据吗？"

"有几个地方和自杀这一结论存在矛盾。"

"什么疑点？"

康正闻言，轻轻耸了耸肩。"很抱歉，这是调查机密，更何况您从事的行业与出版有关。"

"我还是有职业道德的，而且如果您不说，我也没法协助调查。"

"这话真是一针见血。"康正装出一副为难的模样，说道，"好吧，那我就稍微透露一点，但还请您千万要保密。"

"嗯，这我知道。"

"您知道吗？园子小姐临死前喝了葡萄酒。"

"这事我已经在报纸上看到了。她是把安眠药掺到酒里喝下的吧？"

"没错，但报上疏略了另外一点。其实，现场还有另一个酒杯。"

"哦……"润一的视线在半空中游荡。康正无法弄清他的表情到底是什么意思。

"您似乎并不惊讶。"康正说,"难道您就不觉得奇怪吗?现场有两个酒杯,这就说明园子小姐当时应该和别人在一起。"

润一似乎有些困惑,目光来回游移。随后,他端起桌上的茶杯。"也许吧。但她也可能是在对方离去后才自杀的。"

"这种可能性也并非完全没有。但既然如此,就应该能找到当时和她在一起的那个人。在之前的调查中,我们已经问过所有与和泉园子小姐有关系的人,却至今没有找到那个人。"康正盯着润一的脸,"难道当时和她在一起的人就是您?"

"简直一派胡言!"润一粗暴地放下茶杯。

"如果也不是您,那究竟是谁?此人至今没能找到,也不见其露面,这实在让人觉得不自然。如此看来,可能性就只有一个,那就是此人在刻意隐瞒事实。至于为什么要隐瞒,原因不言自明。"

"我觉得,"润一舔了舔嘴唇,"园子应该是自杀的。"

"但愿如此。但只要案情中还存在疑点,我们就不能轻易下结论。"

佃润一叹了口气。"所以您就来找我?刚才我也说了,最近和她没有任何往来。我承认我们之前的确交往过,但这次的事和我无关。"

"那除了您,您还知道和泉小姐生前和谁关系比较好吗?当时正值深夜,而和泉小姐又是位年轻女子,如果不是关系特别亲密的人,和泉小姐应该不会让对方进家。"

"这我就不清楚了。估计是在和我分手后又找到新男友了。"

"可能性不大。我们在她的住处发现了记录有你的电话号码的纸条,却没发现其他人的联系方式。"

"这么说,她也许还没有找到。但我们早已撇清关系,再没有过来往。"

康正没有回应，只是摆出一副准备记录的姿势。"上周五您在哪里？"

润一应该也很清楚，康正是在询问不在场证明。他稍一皱眉，却并未说出半句不满的话。"星期五那天我和往常一样到公司上班，回家时已经晚上九点多了。"

"然后您就独自在家？"

"是的。回家后，我一直在画画。"

"画画？您是说那幅画？"康正指了指画架上的那幅蝴蝶兰。

"对。"

"画得很不错啊。"

"上周有位作家老师搬家，我就准备了盆蝴蝶兰当乔迁贺礼，在周六那天送过去了。那盆花是周五傍晚买的，因为觉得很美，我一时技痒，就画了幅写生。之前，我的梦想就是当画家。"

"真令人钦佩。当时您一直都独自一人？"

"嗯，基本上是。"

"基本上？"这句暧昧不明的话引起了康正的注意，"什么意思？"

"夜里一点时，一位住在这栋楼里的朋友曾经来找我。"

"夜里一点？这么晚找您干什么？"

"他在都内的一家意式餐厅上班，每次下班回到家都差不多是那时间。"

"他是忽然到访吗？"

"不，不是的，是我要求的。"

"您要求的？"

"那天夜里十一点左右,我给他打电话,让他帮我从他们店里带比萨回来。当时我画画太投入,有些饿。要是您还有疑问,可以直接找他确认。今天他应该也在家。"

"那就麻烦您请他来一下。"康正说。

润一打了个电话。没过五分钟,有人敲响了房门。打开门一看,门外站着一个和润一年纪相仿、气色却不大好的年轻人。

"这位刑警想问你上周五的情况。"

润一介绍说,此人叫佐藤幸广。一听说康正是刑警,佐藤目光中立刻流露出戒备的神色。

"有什么事?"男子向康正问道。

"那天夜里一点,您是否带着比萨来过这里?"

"对。"

"您经常从店里捎吃的回来吗?"

"那天应该是润一第三次让我给他带吃的回来。有时我自己也会带些回来当夜宵。但就算是店员也不能免费。"佐藤靠在门边,两手插进牛仔裤口袋,"喂,这不会是在调查什么案件吧?"

"杀人案。"润一说道。

"真的?"佐藤睁圆了双眼。

"眼下还无法下结论。"

"话怎么又变了。"润一拢起头发,喃喃自语。

"您当时送来比萨后就立刻回去了?"康正问佐藤。

"没有。我在这里聊了一个钟头左右。"

"聊了些绘画的事。"润一说。

"对、对。当时他家里放了盆很漂亮的花,他正在画写生。对了,那花叫什么来着？"

"蝴蝶兰。"

"就是这名字。怎么不见了？"佐藤环视屋内。

"第二天我就送人了，现在只剩下这幅画。"润一抬起下巴示意，又扭头看看康正，"他送来比萨的时候，这幅画已经大致完成了。"之后，他又朝佐藤说道："对吧？"

"嗯。"佐藤点点头，"画得挺不错的。"

"您还有什么要问他吗？"润一问康正。

"没了。"

康正摇了摇头。

"看来没你的事了，谢谢。"润一对佐藤说道。

"等调查结束后，你可要好好跟我解释啊。"

"我只能大致说说，说多了会被骂的。"说着，润一看了一眼康正。

佐藤离开后，康正继续向润一提问："您和刚才那位是什么时候认识的？"

"我搬到这里后就认识了。经常在电梯里遇到，渐渐也就熟悉起来了。但我和他的关系也差不多就这样吧。"

润一的言下之意是说佐藤不可能为他捏造不在场证明。

"您是从什么时候开始画的？"

"回来后就立刻开始了，应该是在九点半左右。毕竟那花第二天就要送人，我必须抓紧时间。"

听着润一的讲述，康正开始暗暗计算。从这里到园子的公寓，来回需要将近两个小时。而杀园子并做好所有伪装工作至少得花一个小时。如果真如润一所说，当天他晚上九点多到家，而佐藤也是在深夜一点来找他，那么他就只有三个半小时左右的时间。要在这段时间里行凶也并非完全不可能，但可以画画的时间就只剩三十分钟左右了。

康正看了看画布上的画。他对美术一窍不通，但要在三十分钟内画出这样一幅画，的确不大可能。

"佃先生，您有车吗？"

"父母有，但我没有。我不会开车。"

"哦，是吗？"

"说来惭愧，我觉得没必要学车。虽然迟早我都得去学个驾照。"

"嗯……"

如果不会开车，出行时自然会选择电车或出租车。但如果是在佐藤来之后再出门，电车已经停运，只能搭乘出租车。站在凶手的角度来看，深夜运营的出租车很容易被警方查到，既然要去杀人，就不会选择出租车。

"您能否证明您那天晚上是九点多回到这里的？"

"或许楼下的管理员还记得。您去找那天和我一起加班的人询问也行。那天我是晚上八点半左右离开公司的，不管再怎么赶，也都得九点半左右才能到家。"润一语气中充满自信，就像在暗示康正根本没必要去找公司的人核对。

"星期五那天……"康正说，"在把那盆蝴蝶兰带到这里前，它在哪里？"

"当然是花店里了。"润一回答，"那盆花是星期五下午我离开公司出门办事时，上司让一个女员工去买的。傍晚我回到公司时，花就已经放在我桌上了。"

"那么，当时您是第一次看到那盆花？"

"对。"

"是谁决定送花的？"

"据说是主编和女员工商量后决定的。之前他们还讨论过要不要送玫瑰呢。"

如此看来，润一应该不可能事先准备好这幅蝴蝶兰的画，然后装成是在那天夜里画的。

"您还有什么要问吗？"

"不，没有了。真抱歉，耽误您这么久。"康正不得不起身离席。

"那个，相马先生。"润一说。

"嗯……请讲。"康正忘记了自己的化名，一瞬之后才明白对方是在叫自己。

润一一脸严肃地说："她不是我杀的。"

"如果真是这样就好了。"

"首先，我根本就没有杀她的动机。"

"我会牢记的。"康正回答。

乘电梯下到一楼，走出公寓楼前，康正顺道去管理员室看了一眼。一个上了年纪、身穿制服的管理员正坐在狭小的房间里看电视。

见康正冲自己打招呼，管理员打开玻璃窗。

"我是警察。"说着，康正出示警察手册，"请问这栋公寓楼是否有紧急出口？"

"当然有。大楼背面有紧急楼梯。"

"平常可以自由出入吗？"

"外边的人不行。通往紧急楼梯的门是锁着的。"

"那么，只要有钥匙就可以自由出入了吧？"

"嗯。"

"谢谢。"康正道了声谢，转身离开公寓楼。

回到园子的公寓，康正在饭桌上操作起来。他摊开从佃润一住处的垃圾桶里捡的黏性纸，小心翼翼地拿下附着在上边的毛发。虽然还粘着几根阴毛，令康正有些别扭，但现状已由不得他。

康正总共从黏性纸上拿下二十多根毛发。接着，他从包里拿出一个盒子和一台便携式显微镜。盒子里装的是康正之前从杀人现场收集的头发。在被分为 A、B、C 三组的头发中，A 组是园子的头发，B 组是弓场佳世子的。

如果那些粘在黏性纸上的头发都和 C 组头发不同，那么佃润一的嫌疑也就洗清了。

但结果并非如此。康正拿到显微镜下观察的第一根头发就和 C 组的头发完全一样。

润一曾说过，自从今年夏天分手后，他就再也没去找过园子。可康正却在园子的住处发现了他的头发，这不禁让人感觉有些蹊跷。

为了避免出错，康正又一一观察另外几根头发。尽管可能性很小，却也不能排除与 C 组相同的头发并非来自润一的可能。

粘在黏性纸上的头发大致可以分为两组。其中一组的特征与 C 组完全一致。但在调查另一组头发时，康正全身不由得开始变热。他不停更换显微镜下的头发，一根根仔细观察。一个他从未设想过的结论缓缓浮出水面。

黏性纸上的另一组头发和弓场佳世子的头发很相似。

第四章

1

车冲进了路口的隔离带，引擎盖卷曲得如同卷起的纸屑。尽管没漏油，前挡风玻璃却碎了一地。驾驶员是个年轻男子，似乎是某电气机械厂商的售后服务人员，穿着带有公司名的藏青色制服。车也是公司的厢型车。一看里程表，行驶里程早已超过十万公里，果然是营业用车。车上并无同乘者。

男子立刻被送往医院。他头部和胸部受到严重撞击。如果驾驶时系着安全带，或许能避免受伤。

康正和搭档坂口巡查一同勘查事故现场。遇到这种自损事故，至少不会和受害者发生口角，事故处理的手续也会变得颇为简单。康正不由得松了口气。

时值深夜，但路灯明亮，完全可以看清路面状况。事故地点是平缓的弯道，路面上并无任何刹车痕迹，应该是疲劳驾驶所致。

"和泉，你看。"坂口在驾驶席上发现了一个小包。

"里边有没有驾照？"康正问。送往医院前，他们已经掏遍男子的口袋，却没有发现驾照。

"有。嗯……冈部真一,住在安城。"

"家里的联系方式呢?"

"请稍等一下。呃……啊!"

"怎么了?"

"你看。"说着,坂口从包里拿出一盒药,"是感冒药。"

康正皱了皱眉。"的确是疲劳驾驶啊。"

"要是驾车人吃了这药,疲劳驾驶的可能性就很大。哦,这里还有名片,上边写着夜间联系方式。"

"立刻打电话,询问伤者家人的联系方式。"

"明白。"

看着坂口渐渐走远,康正低头看了看表。深夜两点。从昨天上午八点四十五分出任事故值班员开始,这已经是他处理的第四起事故了。前天夜里才从东京赶回来,昨天一早当班,如此连续作战,连康正也开始感觉吃不消了。

照这样下去,估计天亮之前还得出动两三次。爱知县的交通事故很多。此前康正一天之内的最高纪录是出动十二次。

结束现场勘查,将处理肇事车辆的工作委托给相关人员后,康正坐着坂口驾驶的面包车回到警察局。幸好,暂时还没接到发生事故的报警电话。

"据司机的家人说,司机确实感冒了。上车前估计吃过药。"坂口一边开车一边说道。

"大概是小看了感冒药的药效。"

"是啊。其实这玩意儿的危险程度甚至要超过酒精。喝醉了还能勉强撑着不睡,但如果吃的是药,根本就撑不住。除非是个整天吃安眠药的人。"

"也是。"

康正脑海中浮现出装安眠药的空药袋，就是放在园子卧室桌上的那种。药袋共两个。

凶手把药袋放在桌上，估计是想表明安眠药是园子自己吃下的。可凶手为什么要放上两个空袋子？

对于安眠药，康正一无所知。在看到桌上放着两个空药袋时，他便单纯地以为必须服用那么多才管用。

康正觉得，这事必须调查一番。

回到警察局，在座位上坐下，康正发现桌上放着一个信封，信封正面龙飞凤舞地写着"和泉启"几个字。他立刻明白是野口写的。

野口是康正的朋友，任职于鉴定科。昨天早上，康正拿了几根头发给野口，请他帮忙鉴定一下。当然，这种私人鉴定的行为在警察局里是严令禁止的。但野口说了句"如果只是大致鉴定一下，那倒没问题"，接受了康正的请求。

除了装头发的塑料袋，信封里还有一张纸。上面的笔迹也是野口的，内容如下：

> 从毛发的受损状况、掉落后经过的天数以及外形特征看，毫无疑问，X1和X2来自同一人。此外，从染发时间和毛发质地等方面看，Y1、Y2和Y3也应该属于同一个人。如果想要调查得更详细，你就写份申请吧。

X1和Y1是从园子住处采集到的那两组外人的头发，而X2和

Y2是粘在佃润一住处垃圾桶里黏性纸上的头发。至于Y3，则是弓场佳世子外套上的头发。

根据鉴定结果，可以得出两个结论。第一，弓场佳世子和佃润一都撒了谎，他们两人最近都去过园子的住处。第二，弓场佳世子曾经去过佃润一的住处。

康正回忆园子最后一次打来电话时说的话："我被人背叛了，一个我一直很信任的人。"康正问她是不是男的，园子并没有回答，只是说"除了哥哥你，我再也不会相信任何人了"。

康正心里感觉空落落的。确实，这种事经常会有。把弓场佳世子和佃润一撮合到一起的人说不定就是园子。园子向男友介绍了自己最信任的朋友。当时，她恐怕做梦也没想到，两人竟然会双双背叛自己。

可是——

康正转念又想，即便是三角恋，弓场佳世子和佃润一也未必非要杀园子不可。

如果润一和园子已经结婚，那么也还说得通。可实际上，园子和润一两人只不过是男女朋友。如果润一喜新厌旧，喜欢上了弓场佳世子，也只要把园子甩掉，然后跟佳世子结婚就可以。这种事没什么可在意的。

当然了——

男女之间的爱恨情仇往往不能依靠常理判断。或许他们三人之间存在着很复杂的情感问题。

但不管怎样，既然现场留有弓场佳世子和佃润一的毛发，而且两人都做了伪证，那嫌疑人的范围就可以缩小到他们身上。虽然也存在两人协同作案的可能，但康正认为可能性很小。从作案程序来看，即便找人协助行凶，也没有任何好处。

康正坚信，凶手就在他们两人之中。

这天夜里，除去此前的行动，康正只出动了两次。看到时间已到上午八点四十五分，康正和坂口同时松了一口气。在值班结束前，所有与事故有关的报警电话都由当班警察处理。说得极端一点，哪怕已经到了八点四十四分，只要还有报警电话打来，就该由康正他们来处理。连续出动十二次那回，康正深夜十一点多才回到家。

值班后第二天，值班人员就会休息。回到家后，康正烧上洗澡水。趁水还没热，他给医院打了个电话，准备找当时给园子开安眠药处方的医生询问情况。

幸好，那位医生有空。电话没响几声，对方就接起电话。

"是康正吗？你妹妹的事我已经听说了。请节哀顺变。"医生的语气似乎带着一丝激动。

"您已经知道了？"

"嗯。前两天，东京的警察给我打过电话，把事情都告诉我了。我当时真是吓了一跳。"

"东京的警察……"

大概是加贺打的。康正立刻想到他。加贺曾问过是哪位医生给园子开了安眠药。

"后来我给你打了好几次电话，可是你都不在家。"

"抱歉，我去东京了。"

"我想也是。这个……其实我也不知道该说什么才好。"医生人很好，从他的语气中可以感受到他的为人，沮丧与悲伤溢于言表。

"我有件事想向您打听一下。"康正说。

"什么？有关安眠药的事吗？"

听到医生一语中的，康正略感吃惊。"对。您怎么知道？"

"之前东京的警察给我打电话，说是想问我给园子开的处方上安眠药的服用剂量。"

加贺果然早已对那两个药袋起疑了。

"您当时是怎么回答的？"

"我告诉他一次一包。如果园子本人觉得剂量太大，也可以一次半包。"

"一包会不会不够？"

"应该不会。就园子的情况来看，每次服用半包最合适。对了，康正，你问这事干吗？莫非其中有什么问题？"

"东京的警察是怎么说的？"

"他说只是找我核实一下情况。"

"哦？其实我也不大明白，只听说他们在调查有关安眠药的情况，就给您打个电话问问。抱歉，在您百忙之中还来打搅。"

"这倒没什么。"

医生对康正的回答似乎并不满意，但康正也无法再把话说得更清楚。他随口道了声谢，挂断电话。

他陷入思考。

凶手为何要在桌上放两个空药袋？如果凶手这么做，是想让人觉得药是园子自己服下的，放一个就足够了。还是说因为园子准备自杀，保险起见要服用两包，凶手想以此来表现自杀的真实性，才放了两个？

康正有些困惑。他不知道自己是否应该拘泥于这样的细节，或许这并没有多大意义，可他又实在放心不下。他忽然很在意加贺到底在想什么。

泡完澡，康正一边嚼着在便利店买的便当，一边翻开笔记本。上面记录着他调查到的情况，他拿起圆珠笔又添了一句："为何桌上会有两个安眠药药袋？"这句话的上边记录着佃润一不在场证明的相关情况。

"九点后回到位于中目黑的公寓。凌晨一点到两点，与佐藤幸广聊天。其间一直在画画。九点半左右开始画，凌晨一点时大致完成。"

康正不知该如何解释这情况。这根本就不是完美的不在场证明。如果凌晨两点离开公寓，打上出租车，因为时值深夜，估计只需半小时就能到达园子的住处。即便是在深夜两点半，一听是润一，园子也不会有太大的戒心。从这一点来看，润一是可能动手杀人的。

可康正之前也曾设想过，打车前往园子住处这一行为在心理层面上有些难以理解。不，更让人费解的是，如果佃润一就是凶手，他又为何要画那幅蝴蝶兰？他应该也知道，就算他为自己设计了凌晨两点以前的不在场证明，也无法让他彻底洗清杀人嫌疑。

而如果佃润一在凌晨两点以后的不在场证明也同样完美，反而会让人感觉他是刻意捏造出的。据佃润一本人说，从晚上九点半到凌晨一点，他一直在公寓里作画，却没人亲眼看到他在作画。佐藤当时看到的只是一幅已经完成的画作。如此看来，这其中或许存在某些疑点。

如果为了洗清嫌疑，佃润一曾做过手脚，那他留下的破绽也实在是太多了。相反,正因为破绽太多,康正又觉得他似乎并不太可疑。整个案子陷入进退两难的境地中。

2

第二天的工作内容是整理前天值班时处理过的事故并写成报告。这天是白班,傍晚下班后就可以离开警察局,而且接下来又是休息日,所以康正决定晚上去东京。在更衣室换好衣服,康正提上早晨上班时带来的包向丰桥车站走去。

刚到东京站,康正便四处寻找公用电话。整整一排公用电话前挤满了人,幸好还有一个空位。

康正拨通了弓场佳世子住处的电话,佳世子正好在家。听到和泉园子的哥哥再次打电话来,她似乎稍感意外。为守灵的事道过谢后,康正立刻切入正题。

"其实我想找你谈谈,不知道明天你是否有空。"

"行啊,你打算几点过来?"

"明天我还要赶回名古屋,午休时行吗?"

"明天白天我可能不在公司。"

"那能约个地方见面吗?哪儿都可以。"

"远一点也没关系吗?"

"没关系。"

弓场佳世子指定了二子玉川园站附近的一家家庭餐厅,位于世田谷区内,面朝玉川路。康正不大清楚具体位置,但也不能要求对方换地方。两人商定一点见面。

康正到达园子住处时已十一点多。他在路上吃了饭,所以晚了。

他掏出钥匙准备开门,目光停留在一张夹在门缝间的白纸上。他本以为是有什么东西送来了,但并非如此。白纸上写着这样一行字:

静候您的来电　练马警察局加贺　十二月十三日

十三日就是今天。看样子加贺早已了解过康正的勤务日程,猜到康正今天会来东京,才在门缝里夹了这么一张纸条。想必加贺一定曾打电话问过丰桥警察局。康正把纸捏成一团,塞进外套口袋。

园子的公寓里凉飕飕的,就连日光灯的白光都透着丝丝凉意。康正提着行李走进卧室,摁下墙上的控制开关,打开空调。

康正想起在发现园子尸体时,房间里的空调是关着的。园子睡觉时绝对不会任由空调开着。凶手大概也知道园子有这习惯,才特意关掉。和凶手在一起时,园子肯定会把空调打开。

或者说……康正开始设想。如果这样做,是否能让其他人晚点发现尸体呢?如果开着空调,尸体的腐烂就会加快,臭味就会扩散到屋外。这样的联想让康正心生不快,他决定不再继续想下去。

康正脱下外套,坐到床边。此刻的他仍无法说服自己在这张床上躺下。今天晚上,他打算裹着毛毯挨一宿。

不知道今年还得来这里几次。康正边想边抬头看了看桌上的日历。那是一本用小猫照片做的日历,每页都印着一星期的日期,应该叫周历。尺寸比明信片小一圈。

真奇怪。康正心里犯起嘀咕。日历最上边的一页竟是上周的日期。园子的尸体是在上周一发现的,而园子是在上上周的周五死去的。照这样看,日历应该停留在上上周。

康正起身看了看房间角落里的圆筒形纸篓。纸篓里并没有上上周的日历。

突然间,康正恍然大悟。他打开包,拿出一个装有证据的塑料袋,里面正是那些放在饭桌上的小盘子里的纸灰。

康正捻起那三张纸片中的一张。果然不出所料。不管是纸张的材质,还是残余的黑白照片,都跟日历完全一致。

为什么要烧掉日历?不,首先要确认的是点火烧掉日历的人。究竟是园子,还是凶手?

但无论如何,问题应该不在日历本身。或许那页日历上正好写了很重要的内容。

比如……康正开始假设。或许园子曾在那页日历上标记了与凶手约会的日期。凶手看到后就把它处理掉了。

可是……

康正瞟了一眼日历。日历的设计颇为简单,小猫照片几乎占据整张日历纸,只在照片下方很窄的空白处印着一周的日期。

这地方应该写不下什么字。康正翻起其中一页,背面一片空白。

灵光忽然在他脑中闪过。他发现桌上正巧放着一支记事用的细铅笔。园子的记事本明明放在她包里,为什么铅笔会在桌上?

康正认为,大概有人用那支铅笔在日历背面写了什么。凶手不可能自己先写下什么,然后又烧掉,所以用这支铅笔写字的人应该是园子。而园子写下的内容又对凶手极为不利,凶手才会在杀园子后,把那张日历撕下来烧掉。

凶手为什么要特意烧掉？康正心中再生疑问。就算要处理掉那页日历，凶手也完全可以把它撕下带走，拿到其他地方扔掉或撕碎。哪怕拿到厕所里冲掉也好。

康正看了看塑料袋里另外两张纸片，都是彩色照片的一角。至于凶手到底烧的是什么照片，康正还不得而知。上次到东京来时，康正在这里的书架上找到几本照相馆赠送的便宜相册，但一番调查后，康正并没能从中找到有意义的照片。相册里全都是公司员工旅行和朋友婚礼时的照片。当然，正是因为这些照片不重要，凶手才没烧掉它们。

假如凶手就是佃润一，情况又会如何？站在佃润一的角度，他必须隐瞒园子和他之间的特殊关系。为了消灭证据，他必须把他和园子的合影处理掉。之后，他又顺手把那张带有记录的日历烧掉。

康正对这种处理方式心存疑问，但如此一来，事情的前后经过就能大致理顺了。问题的关键在于那页日历背面到底写了什么。

把正在使用的日历撕下来做记录，证明当时的情况应当相当紧迫。如果时间有余裕，园子应该会记到便笺上。

康正一边思考一边抬头看向书架。看着看着，他不由得开始疑惑。

为什么这里会有这样的笔记用具？

第二天上午，康正去了一趟园子生前任职的公司，目的是去跟园子的上司打个招呼。当然，康正也希望能从他们那里打听些消息，所以他一大清早就打电话联系了对方。

坐在并排放着几张四人桌的会客室里，康正与园子生前的科长和股长见了面。股长就是那个来参加过葬礼的穷酸男人，与他形成鲜明对比的是宽脑门的胖科长山冈。山冈一见面就说了一大通表示遗憾与同情的话，但那夸张的语调和表情显露出他其实是刻意讲这些话的。

"请问，在公司里，和园子最要好的是哪位？"等对方的讲话告一段落之后，康正插嘴问道。

"呃，谁和她处得比较好呢……"山冈扭头看了一眼股长。

"前几天警方派人来调查时，似乎是总务科的笹本出面应对的。"

"哦，是这样啊。她们两人进公司的时间也挺接近的。"

"能让我见见那位笹本小姐吗？"康正说。

"没问题——你去通知一下总务科。"科长对股长下令道。

没过几分钟，股长就回来了。笹本正巧没什么事，说是马上就过来。

"原因还没查明吗？"山冈问道。康正一时没明白这番话到底什么意思，过了几秒钟，才明白山冈问的是园子自杀的原因。

"暂时还没有太大进展……"康正回答，"但或许也没什么具体原因。"

"是啊。我也听说最近自杀的人越来越多。"山冈随声附和了一句。

没过多久，一个身材娇小、长着一张娃娃脸的女员工走了进来。向康正介绍过她后，山冈二人便匆匆离开会客室。他们这么做或许是不想与麻烦事有所牵扯，但在康正看来，这样的状况求之不得。

女员工叫笹本明世。

"大家都说我跟和泉比较熟，每次有人来问话时都会找我。但说实话，我跟她的关系不像你们想象得那样密切，也就是平常一起吃午饭，之前去她的住处玩过一两次。如果你的问题比较详细，我未必能够回答。"刚一坐下，笹本便开口说明。

康正微微一笑。"警察问你的问题都很难回答吗？"

"如果我真的和她很熟，或许也不算很难，但我和她根本就没那么亲密。"笹本一脸歉意地说。

"他们是不是问你知不知道她自杀的原因，还问她有没有男朋友？"

"对。"

"除此之外，他们还问过你什么吗？"

"呃，这个……我也记不太清楚了。"笹本摸着圆圆的面颊，"啊，对了，他们还问我知不知道和泉生前很喜欢葡萄酒。"

"葡萄酒？那你是怎么回答的？"

"我说我倒也听和泉说过。听我这么说，警察就问我，大家是不是都知道。我说其他人大概不知道。如果当时那警察不提，就连我也想不起来。"

看来加贺已经认定那瓶葡萄酒并非园子所买，而是其他人送的。正因如此，加贺才会一直追查到底是谁送的那瓶酒。

"除了这些问题，他们还问了什么？"

"嗯……"笹本略一思考，似乎回想起什么。可刚和康正四目相对，她就不知为何低下了头。

突然间，康正脑中闪过一道灵光。"是不是问了有关我的事？"

"是的。"笹本小声答道。

"都问了什么？"

"问我有没有听和泉提过你……"

"你怎么回答的？"

"我说她从来没在公司里提过,但上次去她住处玩时曾经听她说过,她在世上唯一的亲人,就是在名古屋的哥哥……"

"然后警察又说了什么?"

"没说什么。只是点了点头,做了记录。"

"这警察的问题也真够奇怪的,他大概觉得我妹妹自杀和我有关。"

"这绝对不可能。"笹本笃定地说。听到她突然间变得如此肯定,康正反而有些措手不及。

"真像你说的那样就好了。"

"和泉她一直都很信任你。听过她对你的描述,我很羡慕她能有你这样的哥哥。"

"是吗?"

"和泉不是把房门钥匙中的一把交给你保管吗?换成别人,哪怕是交给父母也未必能做到。"

"的确如此。"

"和泉曾经告诉我,因为把其中一把钥匙交给了你,所以她另配了两把钥匙备用。"

"配了两把?"顷刻间,笑容从康正的脸上消失得无影无踪,"真的?"

"真的。我也觉得有些奇怪,如果她是为自己准备,配一把就够了。"笹本的话听起来意味深长。

这样的事也并非没有可能,康正心想。园子应该谈过几次恋爱,在她帮男友配钥匙时,很可能顺道为自己多配了一把。其中的一把最近应该在佃润一手上。

康正本想问笹本是否知道园子的备用钥匙放在何处，但还是打消了念头。笹本看起来并不知道，而且这样问反而会勾起对方的疑心。

"请问你还有什么要问的吗？"笹本说。她似乎巴不得康正早点放她走。

"没有了。谢谢。"康正低头道谢。

离开公司，康正照线路图的指示坐上电车，十二点半时到达二子玉川园站。车站距离与弓场佳世子约定的地方大概三百米远。望着来来往往的大型卡车，康正竖起衣领迈开步子。

弓场佳世子还没到。康正坐在临窗的座位上，一边吃咖喱饭咖啡套餐一边等对方。一点已过，店里的人不多，但相隔两张桌子的位置坐着两个健身归来的中年主妇，两人不绝于耳的聊天声和大笑声彻底打破了店里的宁静。

康正刚吃完咖喱饭，弓场佳世子就走进店来。她穿了一条轻便休闲的喇叭裤，手里还拿着一副太阳镜，与前两天见面时身穿黑色连衣裙的感觉完全不同。看到她走进店里，中年主妇一时间停止谈话，都扭头看看她，然后才又继续畅谈。

"前两天承蒙照顾。"佳世子说。

"感谢你能来参加葬礼。"康正答道，示意对方坐下。穿短裙的服务员拿来巨大的菜单，佳世子点了冰激凌，康正则续了一杯咖啡。

"你是在做外联工作吗？"

康正想起佳世子在保险公司上班。

"不，那不归我管。"

"但你是因公来这附近的吧？"

"今天是特殊情况。有个朋友说想让我帮忙参考一下买保险的事情……"

"哦。"

"你今天找我来有什么事吗？"佳世子用纤细的指尖轻抚装满水的玻璃杯，面无表情地说。

康正坐正身子，瞥了一眼那两个叽叽喳喳的家庭主妇。两人似乎并没有偷听自己和佳世子的谈话。

"我想和你聊聊有关园子男友的事。"

"关于这件事，除了上次跟你说过的那些情况，我也不大清楚了……"

"你认识佃润一吗？"

弓场佳世子一双黑色的大眼睛盯着康正。

"你认识他吧？"康正追问。

佳世子垂下长长的睫毛。她对康正的问题不置可否，必定是因为她正在推测康正究竟都查到了什么。

过了好一阵，佳世子才抬起头来说："园子向我介绍过他。"

"园子是怎么介绍的？"

"我忘了。已经是很久之前的事了，而且当时又是恰巧遇到，园子只是随口介绍了几句。"

康正紧紧盯着佳世子。"前两天我找你打听有关园子男友的事，你只告诉我园子曾在几年前和一个男的恋爱过，却没提到半句有关佃润一的事，为什么？"

"这个……我一时没想起来。"

"也就是说，你彻底把佃润一忘了？"

"是的。"

"哦？"康正感觉口干舌燥，喝了口水。

服务员端来了冰激凌和咖啡，可两人都没动。

"你撒谎。"康正盯着佳世子白皙的额头说道。佳世子突然间皱起眉头。康正接着又说："你正在和佃润一交往。"

佳世子身材娇小，胸部却很丰满。她深深吸了口气，又猛地吐出。"我不明白你的意思。"

"你就别再装糊涂了。我早就查清一切了。"康正往椅背上一靠，收紧下巴，观察佳世子的一举一动。

佳世子双手放在膝上，挺直脊背，坐得笔直。她一直盯着那杯已经开始融化的冰激凌，但思绪似乎早已飘到别处。康正本以为她会继续辩解，但看样子她无此打算。

"我再问一次，"康正稍稍前倾，"你在和佃润一交往，是不是？"

佳世子低垂的睫毛微微一晃，但和上次守灵时的感觉完全不同。过了好一阵，她才轻轻点了点头。"对。"她的声音听起来干涩无力。

这一次，轮到康正长舒了一口气。"园子的前男友如今在和你交往，这到底是怎么回事？"

"这个……只是顺其自然罢了。"

"顺其自然？园子已经死了啊。"

"这和园子的死没有半点关系。"

"是吗？"

"你这话什么意思？"佳世子猛地眨了眨眼，看着康正。

"如果园子真是自杀的，你难道不觉得动机就在于此吗？"

"我们只是……"佳世子正对着康正，目光却朝向斜下方，"我在润一和园子分手后才开始与他交往，园子不可能是因为得知我们的事自杀的。"

"是佃单方面认为他已经和园子分手的。"

佳世子闻言睁大了眼睛。"你见过他了?"

康正心说不妙,但话已出口,一切都为时已晚。"我有句话要告诉你。"康正说。他的口吻已经明显不同。

"什么?"

"我认为园子不是自杀的。"

佳世子似乎被康正的气势压倒,稍稍缩了缩身子。

"我觉得园子死于他杀。不,我确信如此。我有证据。"

佳世子的目光中流露出一丝畏惧,但她还是摇了摇头。"你错了。"

"不好意思,"康正撇了撇嘴,"我不相信你的话。"

"你在怀疑我?"

"没错。顺便问一句,上上周周五夜里,你在哪里?"

佳世子摸着右耳下方,思索片刻。挂在她耳垂上的金饰不停晃动,就连这样一个无心的小动作都显露出艺人般的气质。

"我没有任何不在场证明。"

"那你的嫌疑就无法洗清了。"

"我可以问一句吗?"

"什么?"

"你为什么不去找警察?"

"我的目的……"康正盯着佳世子,随后挤出笑容,"并不是要将凶手绳之以法。"

佳世子并不迟钝,又怎会不明白康正的言下之意?紧绷的面颊透露出她内心的紧张和畏惧。

隔着两张桌子的那两个主妇吵嚷着起身。其中一个还盯着康正他们看。

"你什么时候剪的短发？"康正问道。

"哎？"佳世子回望康正。

"园子的住处有你的头发。这你怎么解释？"

佳世子表情僵硬地笑了笑。"你怎么知道那头发是我的？"

"要反驳的话，你就先给我几根你的头发吧。我会再详细调查一下。"

佳世子皱起眉头，面露不快。看起来她已经明白，康正在守灵的那天夜里采集到了她的头发。"我星期三和园子见过一面。"佳世子说，"就在园子的住处。"

"你是想说你的头发是在那时掉落的？"

"只有这种可能。"

"那你之前为什么不告诉我？"

"我觉得没必要。"

"为什么？"

"因为我觉得这和园子的死没有任何关联。"

"你们为什么见面？"

"也没什么特别的原因。只是她打电话给我说好久不见了，想聚一聚，我就在下班路上顺道去找她。"

"园子难道不知道你在和佃润一交往？明知如此，她还说想见你？"

"我也不清楚。聊天时，她一直没提我和润一的事，估计应该不知道。"

"好，那我就来说说我的假设吧。"

"请讲。"佳世子黑色的瞳孔散发着光芒。

康正深吸一口气，开始讲述："周三那天，你和园子为了佃的事吵了起来。当然，吵到最后也没有任何结果。你心中因此对园子萌生杀意。"

"我为什么要杀她？要说她对我怀恨在心，倒也还说得过去。"

"如果园子说她坚决不愿和佃润一分手，而佃也说如果园子不同意分手，他就不能和你在一起，情况又会如何？对你来说，园子就会成为阻碍。"

"亏你想得出。"

"我说过我只是假设。"

"既然没什么好谈的，那我就先告辞了。"桌上的冰激凌还一口未动，佳世子却已起身。

康正也没动咖啡，站起身来。趁着康正到收银台结账的工夫，佳世子脚步匆匆地走出咖啡馆。

康正刚一出门，就听停车场传来汽车引擎声，一辆绿色的Mini Cooper正驶离停车场。看清楚开车的人就是佳世子，康正站到车头前方。车随即停下，康正走到驾驶席旁。

佳世子不情愿地把车窗摇下十厘米左右。车上装的并非电动车窗。

"这是你的车？"康正问。

"对。"

"既然你有车，"康正盯着车里，"那你就能在半夜出门。"

"告辞了。"

佳世子松开刹车。

Mini Cooper发出低沉的引擎声,从康正面前开过。

3

康正回到园子的公寓时,加贺已经在门前等他了。加贺将两肘搭在走廊的栏杆上,俯视下边的路。看到康正,他的脸上堆起笑容。

"您回来了。"加贺说。

"你什么时候来的?"

"我也不记得了。"加贺看了看表,"但应该没多久。您去哪儿了?"

"去了趟园子的公司。之前还一直没来得及去和他们打个招呼。"

"我是指去公司之后。"加贺保持笑容,"您中午就离开了她的公司。我问的是在那之后。"

康正盯着加贺那张轮廓分明的脸看了好一阵。"你怎么知道我去了园子的公司?"

"我估计您也差不多该去看看了,就打电话问了问。结果对方说您上午去过。看来我的直觉没错。"

康正摇了摇头,把钥匙插进锁眼。

"可以再让我到屋里看看吗?"加贺说。

"还有什么需要看的吗?"

"我想确认一件事。拜托了。而且我还有个机密消息要告诉您。"

"机密消息?"

"对。肯定能帮您大忙。"加贺意味深长地一笑。

康正叹了口气,打开房门。"请进。"

"打搅了。"

康正暗自庆幸,幸好出门前已经把证物全都收进了包里。要是让加贺看到,之前的努力就全都付诸东流了。

"离开园子的公司后,我到新宿稍微转了转。我想看看她究竟在怎样的地方上班。"说着,康正回头一看,只见加贺正蹲在鞋柜前,"你在干吗?"

"啊,失礼了。我发现了这东西。"加贺拿着一只羽毛球拍,"这东西就靠在鞋柜旁边,是专业球拍呢,碳素纤维的。令妹生前是不是加入过羽毛球俱乐部?"

"她高中时打过一段时间。有什么问题吗?"

"防滑带的缠绕方向似乎和其他人不同啊。"加贺指着防滑带,"令妹是左撇子吧?"

"没错,我妹妹的确是个左撇子。"

"果然如此,"加贺点了点头,"不出所料。"

"照这么说,你在看到球拍之前就知道她是左撇子了?"

"也不能说知道,只是推测。"

"呃,"康正在屋里环视一周,"你们已经采集分析过各种物品上的指纹了吧?比如铅笔、口红之类的。"

"不,还没有。我只是偶然发现的。您还记得我曾经调查过那些写给园子小姐的信吧?"

"记得。但你说那些信都不是最近几个月寄来的。"

"不,这和信是何时寄来的没有半点关系。我关注的是令妹拆信封的手法。说得具体些，就是观察信封的开口处。"说着，加贺似乎想到了什么，从口袋里掏出一张名片，"不好意思，能麻烦您把它撕成两半吗？您就当成是在拆信封。"

"还是另找一张纸来试验吧？"

"没关系。反正在我用完前，新印好的肯定会发下来。您大可不必在意。"

"新印好的"这几个字让康正有些在意。这到底是说他要调动，还是说他要升职？看看眼前这个男人，康正感觉后者的可能性更大。这家伙口气还真不小。康正瞅准印着"巡查部长"字样的地方，缓缓撕开。

"您平常习惯用右手吧？"加贺说。

"对。"

"您的撕法和常人一样。用左手捏住整张名片，右手撕开想要撕的地方。而且在撕的时候，您的右手按顺时针方向撕下，这是大多数人拆信时的撕法。"

听加贺这么一说，康正低头看了看自己的动作。"任谁都是这样做的吧？"

"这也是因人而异的。还有，您再仔细看看撕开的痕迹。"加贺接过那张被撕成两截的名片，"从断面和指纹的位置等特征上，可以大致看出拆信人的习惯。我调查过园子小姐撕开的信封，她撕的方向与您刚才撕的方向完全相反。所以我就猜测她或许是个左撇子。"

"这样啊。现在想想，这道理也挺简单的。"

"您在这方面应该比我更拿手。"

康正不清楚加贺这话到底什么意思，默然不语。加贺一脸笑容地接着说道："您不是经常能从保险杠的凹陷、车灯的损坏、车漆的脱落等细节上看出车子是怎样出事故的吗？您可是位通过物证得出假设的专家啊。"

"原来是这意思啊。"

"破坏中必有信息。这一点适用于所有案件。"

"或许吧。"

康正不禁开始猜想加贺到底从中发现了什么。

"对了，令妹不管干什么都习惯用左手吗？"

"也不是。父母曾经纠正过她，所以她一般是用右手握筷子和笔。"

"是吗？日本人都喜欢这么做，外国人似乎就不太在意。但确实很少看到哪个外国人反着拿刀叉。令妹握刀叉的习惯如何？"

"应该和正常人一样。"

"也就是说，右手握刀，左手握叉？"

"对。"

"如此看来，平时要是不多加注意，或许很难看出园子小姐是个左撇子。"加贺说得轻描淡写，但明显可以看出他很重视这一点，"但情况是否真是如此呢？刀子要用来切东西，一般还是得用力气大的那只手握吧？"

"这我就不清楚了，妹妹也没跟我聊过这些事。"说完，康正瞥了一眼加贺，"园子是左撇子和这次的事情有什么关联吗？"

"怎么说呢，虽然眼下还说不清楚，但在我看来大概有关。"

加贺的话让康正感觉到一丝不安。的确，园子是左撇子一事是此案的关键点。康正也是从那些电线皮碎屑附在菜刀上的位置看出凶手是个惯用右手的人。

但相关的线索早已被康正销毁。既然如此,为什么加贺还要揪着园子是左撇子这一点不放?难道除了那些碎屑,还有什么证据暗示了凶手是个惯用右手的人?

想到这里,康正才发现自己疏忽了一件很重要的事。在握菜刀时,为了不在刀柄上留下指纹,他曾用手帕裹住刀柄。那凶手使用菜刀时的情况又如何呢?估计凶手也会留意,不让刀柄沾上指纹。但如果刀柄上连一个指纹也没有,似乎又有点奇怪。因此凶手当时应该是握住园子的手,让园子握住菜刀。

那时凶手是让园子用哪只手握刀的呢?

的确,正如加贺所说,园子是左撇子的事平时看不太出来。凶手即便知道,也很可能无意间让园子用右手握住了菜刀。或许,眼前这名刑警就是从刀柄上的指纹和拆信方向不一致上看出问题,开始对自杀的说法产生怀疑。

"我想请你把话说明。"康正盘腿坐在卧室的地毯上,"很明显,你对园子的死抱有疑问。挑明了说,你觉得她并非死于自杀,而是他杀。你为什么会这样想?"

"我倒没这样说过……"

"你就别再撒谎了。如果换成普通人,或许还会相信你这番话,但很不巧,我也是个警察。"

加贺耸了耸肩,轻轻搔了搔右脸。他看起来有些犹豫,但似乎并不觉得为难。或许他早已想到,康正迟早会这样问。

"我可以进屋吗?"

"当然可以。只要你能对我说真话。"

"我可从来没有过撒谎的打算。"加贺苦笑着进了屋,"相反,我觉得和泉先生您没有说真话。"

"这话什么意思?"康正不由得紧张起来。

"没什么。就像我刚才说的,您对我们隐瞒了许多事。"

"我干吗要瞒你们?"

"关于您这么做的原因,我也大致猜到了几分。"加贺似乎并不打算坐下,他一边在狭小的厨房里来回走动一边说,"刚开始时,我只是对一些小细节有疑问。在宾馆的酒吧里聊天时,我曾问过您有关水池的事。您还记得吗?"说到这里,加贺停下脚步看着康正。

"你当时说……水池是湿的。"

"对。从推测的死亡时间来看,园子小姐即便用过水池,也应该是几十个小时以前的事,水池早就应该干了。但当时水池里却湿了一大片。当时我想,或许是您曾经洗过手的缘故。如果不这样想,事情就无法解释了。"

加贺走到橱柜前。

"其次令我在意的就是我曾多次提起的那个空葡萄酒瓶。这里没有酒柜,所以我想园子小姐应该还没到嗜酒如命的地步。一个人喝完那么大一瓶酒,似乎也太多了。因此,我就对这瓶酒是不是园子小姐独自喝完这一点产生了疑问。就算她是自杀的,之前有人和她一起喝酒也不足为怪。如果真有这样一个人存在,就必须尽快把他找出来,详细打听一下情况。我觉得这屋里应该还有一个酒杯,便找了一圈,却没能找到。尽管园子小姐有好几对酒杯,能与她当时使用的那个配对的酒杯却放在橱柜里。"加贺指了指橱柜,"但仔细观察一下就会发现,橱柜里的酒杯也不大对劲。"

"怎么不对劲?"康正掩饰着内心的紧张,问道。

加贺从橱柜里拿出了那个酒杯。"园子小姐生前很爱整洁,不管哪个酒杯,她都会擦得干干净净。可这酒杯却不大干净。说得难听点,洗的时候很不用心。"

"然后呢?"

"然后我就想,莫非洗杯子的人不是园子小姐?如果不是园子小姐,那杯子又是何时洗的?看起来应该不是在园子小姐过世前洗的。其他人不可能只洗这个杯子,而且如果洗的时候园子小姐还活着,肯定会重洗一遍。也就是说,杯子应该是在园子小姐死后才洗的。但如此一来,事情就会变得有些蹊跷。因为这间公寓之前拴了门链。那个清洗酒杯的人到底是怎样离开的呢?"

说到这里,加贺看了看康正,似乎在观察他的反应。

"我想知道你的结论。"康正说。

"之后,我心存疑惑地回到警察局。看过鉴定科送来的结果后,我更加纳闷了。"

"又怎么了?"

"没有任何指纹。"

"指纹?"

"水龙头上。"加贺指了指水池的水龙头,"准确地说,只发现了园子小姐的指纹。您应该能理解我纳闷的原因了吧?那么水池为什么会是湿的呢?"

康正如梦初醒。他开关水龙头时是戴着手套的。他是为了不让指纹沾到其他地方,结果却起到了反作用。

"所以我才问您有没有用过水池。当时我说水池里是湿的,您便说您之前洗了把脸。但您的话明显有问题。如果您曾在水池边洗过脸,就应该会留下指纹。"

"那么……你又是如何推理的？"康正问道。他已经开始焦躁不安。

"所以我就推理，清洗那个酒杯的人其实是您。但您不想让警察发现这一点，所以清洗时很小心，没在水龙头上留下指纹。"

"这样啊……"

"如果我有说错的地方，请您尽管指出。但希望您能同时解释一下水池濡湿和水龙头上没有指纹的原因。"

"我还是先听你说完吧。"

"那好。当时您之所以要清洗，估计是因为那个酒杯用过后就一直放在那里。也就是说，屋里有两个用过的酒杯。如此一来，园子小姐就不是独自一人饮酒了。但您不想让任何人知道这件事。原因何在？可能性只有一个。如果任由酒杯放着，警方就会对园子小姐的死心存疑问。反过来说，您其实早就知道园子小姐并非死于自杀。问题的关键就在于那条门链。如果当时房门上真的拴着门链，那么不管房间里的状况再如何可疑，您都不会认为园子小姐是被杀的。由此便得出一个结论。"

"房门上拴着门链一事是我撒的谎，是吗？"

"就只有这种可能了。"说着，加贺点了点头。

康正想起，上次在宾馆的酒吧里见面时，加贺就已经怀疑门链一事了。

"接着说。"康正说道。

"后来我试着设想您这样做的原因。"加贺竖起食指，"正常情况下，如果您对令妹的死心存疑问，应该会积极向警方提供线索才对。

因此我首先想到，您和令妹的死之间或许存在关联。"

"所以你就去调查了我的不在场证明？"

"我并不想辩解，但请您相信，我这么做只是在按步骤办案。我从没想过园子小姐是您杀的。"

"这倒无所谓。那么结果如何？周五我白天上班，傍晚就下班了，而且周六休息。我根本就没有不在场证明。"

"您说得没错。但就像我之前说的，我并不关心您有没有不在场证明。相反，我觉得您或许认识杀园子小姐的凶手，甚至还想包庇此人。"

"凶手杀了我在世上唯一的亲人，我还要包庇凶手？"

"虽然可能性不大，但有时人的想法非常复杂。"

"没这回事。至少我不是这样。"

"另外还有一种可能。"加贺一脸严肃地说，"您并不打算包庇凶手，但您不想让警方逮捕凶手。"

康正也板起脸回望加贺。加贺应该明白，他的这番推理已经猜中真相。

"但想要做到这一点，必须具备一些条件。"

"什么条件？"

"您要在一定程度上对凶手有所了解。您应该也很清楚，个人的调查是存在一定局限性的。"

康正用指尖敲了敲膝盖。"既然已经推理到这一步，为什么练马警察局还没有采取行动？"

"这只是我个人的推理。"加贺撇了撇嘴，"我也和上司说过这些话，但他们并不赞同我的观点。他们觉得您是不可能撒谎的。既然当时房门上拴着门链，那就只可能是自杀了。而且最后以自杀结案，也不会有任何人提出反对意见。"说到这里，加贺叹了口气，无奈地笑了笑，"而且最近辖区内发生的职业女性连续遇害案件也闹得沸沸扬扬的。"

"你的心情我能理解。"

"我再问您一次。"加贺转身朝向房门，指着那条断成两截的门链说，"您来的时候，房门并没有拴门链吧？"

"不，"康正摇了摇头，"是拴着的。我是把门链剪断后才进到屋里的。"

加贺搔了搔后脑勺。"您是在那天下午六点左右报的警。您之前说过，您一发现尸体便立刻报警。但一个在附近补习班补习的小学生证明，他曾在那天下午五点左右看到您的车停在附近。那在这一个小时里，您到底都干什么了？"

我的车被人看到了？康正不由得感叹起来。当时他没能注意到这一点，而且也没想到这个刑警居然连这些事都调查了。当然，加贺必定早已猜到康正是在报警之前到的，才会寻找证词验证他的想法。

"那车不是我的。"

"那孩子可是连车的种类都记得清清楚楚。"

"只是辆随处可见的国产车罢了。再说那孩子记得车牌号吗？如果他还记得，你就去把他领到这里，我当面问他。"

听康正这么说，加贺苦笑了一下。康正见状也不由得笑了笑，说道："你接下来又准备出什么牌？"

"我想请问您一点。之前您说您看到房门上拴着门链，就大声冲着屋里喊令妹。那天同一层的几户人都在家,却没人听到您的声音。有关这一点,您打算如何解释?"

康正耸了耸肩。"我觉得当时的声音已经很大了,可实际上不大。或许事情就是这样。"

"当时您可是在叫屋里的人,声音怎么可能不大?"

"我也不大清楚。当时我已经顾不上其他了。"

加贺像演员一样举起双手,做出投降的姿势,之后又在屋里踱步。地板被踩得嘎吱直响。

"和泉先生,"加贺停下脚步,"请您把揪出凶手的事交给警方,惩处罪犯的事交给法庭吧。"

"园子明明是自杀的,哪儿来的什么凶手?"

"一个人的力量是极为有限的。或许您已经大致猜到了真凶,但真正的困难还在后边。"

"你不是才说过吗?我是个凭借物证得出假设的专家。"

"光凭假设是无法逮捕凶手的。"

"不需要逮捕,光是假设就足够了。"

加贺的表情像吃了黄连一样。"跟您说句我父亲的口头禅吧。他经常说,毫无意义的复仇,光是赤穗浪士[①]就足够了。"

"他们的所作所为并非复仇,而是在表现自我。"康正板起脸说道,"你进屋想调查的东西就只有羽毛球拍吗?"

"不,这只是开始。"

"那就麻烦你动作快点。另外,你说作为交换条件,会告诉我一

[①] 江户时代元禄年间,原赤穗藩武士大石良雄等四十七人为主人报仇,手刃仇敌后报官自首,慷慨赴死。

个机密消息，你好像还没说吧？"

"我会在调查的同时告诉您的。不好意思，我可以看看那台电视机下边吗？"

"电视机下边？"

电视机放在茶褐色小货架上。货架上摆着录像机，下边一层则整齐地放着一排录像带。"那里的全都是 VHS 吗？"加贺询问录像带的种类。

"似乎是。录像机只能放 VHS。其他的只有卡式盒带……"康正往架子下边看了看，立刻发现了自己的错误，"不对，这是八毫米录像带。"他从架子下边拿出一盒尚未开封的八毫米录像带。盒内有两卷一小时长的带子。

"借我看一下。"加贺拿过带子看了看，满意地点点头，"不出所料。"

"怎么了？"

"您有没有见过住在隔壁的人？"

听到突如其来的提问，康正稍感疑惑。"还没见过。"

"隔壁住着一个女自由撰稿人。她和园子小姐不算太熟，但偶尔也会聊上两句。"

"她怎么了？"

"去世的两天前，令妹曾找她借过摄像机，就是使用这种八毫米录像带的摄像机。"

"摄像机？"康正从未想到这种东西。过了几秒，他才反应过来加贺到底在说什么。

"她借那东西干吗？"

"令妹说要在聚会上用。那个自由撰稿人是为了搜集写作素材才买的。令妹本来说准备周六用,但到了周五,令妹又告诉她不用了。"

聚会肯定是园子找的借口。她借摄像机到底有什么用?又为何忽然不借了?

"大概是想拍什么。"康正喃喃道。

"如果您想了解得再详细些,不如直接去隔壁问问。她今天似乎在家。"

"除此之外,你还有什么要调查的吗?"

"今天就到此为止。"加贺开始在玄关穿鞋,"下次您准备什么时候过来?"

"我也说不清。"

"应该是后天吧。"加贺说,"明天您要值班,一直到后天早上才结束。我想您下班后应该就会过来。"

看到康正瞪着自己,加贺说了句"再见",随即离开。

4

眼看还剩下一点时间,康正决定在园子住处稍做调查。他要找的是笹本明世提到的那把备用钥匙。据笹本说,应该还有一把备用钥匙。

康正找遍了整个家,甚至连小盒子和洗手池下边的抽屉也翻了一遍,依旧没有发现钥匙。但他发现了另一样东西。

书架中间放着一个陶质小丑人偶,头部已被拧开,成了一个笔筒，里边插满圆珠笔、自动铅笔、签字笔和钢笔。康正抽出自动铅笔，里面装着笔芯。他又接连查看了两三支笔，每一支都能使用。直到这时，他才明白为什么房间里几乎找不到任何笔记用具。

然而，康正心中同时又冒出另一个问题：这样就无法解释那支记事本用的铅笔为何会在桌上。他也曾猜测园子或许用那支铅笔在小猫日历背面写过什么，但他不明白园子为何要特意选用这样一支书写不便的手册用铅笔来记录。她只要稍一伸手，就可以够到小丑笔筒。而且记事本装在园子包里，铅笔也不大可能碰巧就放在外边。

如此看来——

使用这支铅笔的人应该不是园子，而是凶手。凶手在屋里找了一圈，却没有找到任何笔记用具，便从园子包里拿出这支手册用铅笔。凶手到底用铅笔写了什么？康正再次想起那本日历。日历背面写有内容一事应该可以确定。接下来的问题就在于为什么要烧掉那页日历。

这感觉简直就像在游戏厅里玩打地鼠。康正心想。一个问题解决了，另一个问题就会立刻从其他洞里探出头来。

康正靠床坐下，把包拖到身边，拿出一个塑料袋。袋中有一把钥匙，正是康正发现园子尸体时放在信箱里的那把。

凶手肯定是用备用钥匙锁门的。问题在于凶手用的是不是这把备用钥匙。之前，康正一直以为凶手用的就是这把，所以一直没能弄清凶手这样做的目的。

但如果还有另一把备用钥匙，情况就完全不同了。凶手或许带走了当时使用的钥匙。也就是说，信箱里放着备用钥匙另有原因。

只不过……康正还是觉得有些蹊跷。就算这把钥匙是园子自己放入信箱的，她这样做的原因究竟何在？

出发的时刻渐渐接近。康正记下新谜团，离开了园子的住所。

隔壁二一四室门外并没挂姓名牌。看到园子的房门外也没挂，康正心想，这或许是生活在大都市的单身女性的习惯。

康正摁下门铃，房门缝隙间露出半张皮肤粗糙的年轻面庞，并未化妆，发卡卡住一头烫过的长发。

康正自报姓名，女人立刻放松了警惕。看到她一脸懊丧，康正感觉她其实长得不错。

康正表示，他听说园子曾想找她借摄像机，所以希望能找她聊一聊相关细节。女人先关上门，解开门链后又再次打开。她穿着一件淡蓝色小猫图案的毛衣。大概年轻女孩都喜欢猫，康正心想。

"您说想问一下细节，其实也没什么细节，而且最后她也没来找我拿。"

"您是否知道她没来拿的原因？"

"这我就不清楚了。"

"是吗？"康正觉得被加贺算计了，"真是给您添麻烦了。警察也来找过您吧？"

"来过一次。倒也没什么麻烦，您不必在意。对了，令妹自杀的原因查清了吗？"

"嗯，差不多了。"加贺似乎并没告诉她园子死于他杀，"听说您以前时常和我妹妹聊天。不知都聊过什么？"

"聊过很多，但全都是无关紧要的事。"女人微微一笑。

"比如猫之类的？"康正指了指女人的毛衣。

"嗯，聊过。我和她都挺喜欢猫的。这栋公寓里不许养宠物，所以我们经常会抱怨这事。但我想令妹应该比我更喜欢，我时常见她随身带着照片。"

"猫的照片？"

"对。说得准确一些，应该是猫的画的照片。她在房间里放了两幅小猫的画，说想随时都能看到画，便把画拍成照片，夹到记事本里了。"

"哦……"康正含糊地点点头。他既没看到过那些画，也没有看到过画的照片。

说到画，康正立刻就联想到佃润一。那两幅画说不定就是润一画的。紧接着，康正又想到那些照片烧剩的残角。被烧掉的或许就是画的照片。

"啊，抱歉，净和您说些无关紧要的话。"看到康正一脸阴郁，女人似乎误解了康正此刻的感受，"要是能告诉您更有用的事就好了……上次我告诉警察的那些话也都颠三倒四、没有重点。"她一脸同情地说。

康正闻言，忽然感觉事情有些奇怪。"除了摄像机的事，您还跟警察说过什么吗？"

"说过。警察没跟您说？"

"没有。您都说了什么？"

"确实颠三倒四的。"女人强调道，"星期五夜里，我听到园子小姐屋里有人说话。"

"哦？"康正不由得出声问道，"您是指发现我妹妹尸体前的周五吧？大概是什么时候？"

"应该是十二点左右。但我也不敢保证。"

"只听到我妹妹的说话声吗?"

"这个,我也说不清……但确实听到了一男一女的说话声。"

"一男一女……"如果女的是园子,那男的无疑就是佃润一。"他们一直说到什么时候?"

"抱歉,当时我正在工作,没太留意……"

女人一脸歉意。但对于康正来说,光是这一点已经堪称很大的收获了。

"警察也没跟您说星期六的事吧?"女人接着问道。

"星期六?什么事?"

"其实我也不敢肯定。"女人说。看来她很喜欢找人聊天。"星期六白天,似乎有人进出过房间。"

"星期六?"康正不禁提高嗓门,"这不可能……"

"所以说可能只是我多虑了。"

"屋里有声音吗?"

"有。这公寓墙壁很薄,能清楚听到隔壁的动静。但说不定不是从令妹的房间里发出的,而是斜上方的房间或者楼下发出的声音。当时有人摁响过门铃。"女人小心翼翼地说道。

康正早已看出,她并不像嘴上说的那样没有自信,只是不希望别人太重视她的话。

康正道谢后走出公寓。

在走向车站的路上,康正心想,或许加贺正是为了让他获得这些信息,才建议他去找邻居聊聊。

5

本间股长带着一个穿黑色皮夹克的年轻男子来到康正面前。看到对方一脸不耐烦，康正也面无表情地相迎。

本间递来的文件上贴着一张记录当前时刻和车速的纸条，已用食指摁过骑缝印，旁边写着姓名。看到本间居然让对方做到这种地步，坐在面包车里的康正估计对方并非善类。

"请出示驾照。"康正冲着男子说道。男子一副大大咧咧的模样，连同茶色封套一起递上。

果不其然，就在康正准备往罚单收据上填写处罚事项时，男子开口了："我跟另外那位警官说过了，我没开那么快。"

纸条上写着时速七十四公里。这条路限速五十公里。

"你开得就有那么快，才会留下记录的。"康正指着纸条说道。

"我听说那玩意儿经常测不准。"

男子指的是雷达测速仪。

"哦？是吗？那你来说说，那玩意儿到底怎么不准？"

"听说根据测量角度和距离的不同，测出的数字也不一样。"

"你听谁说的？"

"也没听谁说……大伙儿都这么说啊。"

"我们是按照一定顺序，在一定条件内测定的，也从未在调整机器上懈怠过。如果你对机器测定的结果抱怀疑态度，完全可以告上法庭，这类人很常见。但我可以告诉你一个好消息，"康正冲男子微微一笑，"这次我们用的测速仪是日本无线的产品，这家厂商还从没在法庭上输过官司呢，堪称法庭上的无敌冠军。怎么样，你是不是也准备挑战一下？"

男子露出狼狈的表情，但似乎还有些不死心。

"不是听说要用雷达必须有使用资格吗？"男子扭过脸喃喃道。违章者说话时一般都不敢直视交警。

"对。"

"你有使用资格吗？"

康正猜想，此人大概曾在汽车杂志上看到过"遭遇交警拦截时的应对方法"之类的文章。最近一段时间，总有违章者如此找碴。

"规定里说，只要协同执法的同事中有任何一人具备该资格，我就不需要具备。但看你挺不服气，那就让你看看好了。反正这东西被人看到又不会有损失。"康正掏出警察手册，把夹在里边的那张卡式雷达使用许可证递给男子，"以前想要考雷达使用许可证确实挺难，但对现在的交警来说，这东西人手一张。交警本来就有无线使用许可证，这东西只要听个讲座就能拿到。"

"什么嘛，这根本就是乱来。"

"这也说明如今的机器性能已经提高了。你还有什么问题吗？"

男子只是撇了撇嘴。

每到十二月，康正都不大愿意查处这些超速者。时近岁末，每个人都为生活奔忙。在这个时候查处超速，感觉就像故意给人添堵。一年的工作眼看就要结束，许多人都会在无意间把油门踩到底。之前一直留心不被交警拦下的人也会在不经意间加快速度。正因如此，这段时间才会事故频发。查处超速的目的本来是为了防止交通事故的发生，但被查处的人并不这样认为。换成说话难听的司机，遇到这种事，必然会询问康正他们："到了年底，警察也开始想办法充实国库了吧？罚我们这么多钱，到底有几成会落到你的腰包里啊？"听到这类冷嘲热讽，康正只能苦笑一下，不予理睬。

康正刚刚撕下罚单，把收据递给皮夹克男子，本间已经领着另一个违章者朝康正走来。这次是个中年胖女人。看到女人那副怒不可遏的模样，康正不由得轻轻叹了口气。

"油画？"坂口巡查一脸吃惊地说，"我可不懂这些艺术。"说完，他手握方向盘歪了歪脑袋。

结束超速查处工作返回警察局的途中，坂口冲着康正如此说道。从下午三点到五点，总共处理了二十二起超速违章。在最容易提速的国道一号线，超速违章者果然不少。

"怎么，你还对油画感兴趣？"坐在后排的田坂开口说道。他今天的工作是测定时速。站在路边测速让他鼻头都变红了。今天的阳光不是一般的毒。

正常情况下，查处超速都是四人一组。首先，由负责测速的人找出违章车辆。接到通报后，便会有人开车上路，拦截违章车辆，随后将违章者交给负责记录的人。负责记录的人通过无线电与负责测速的人联系，确认事实，再将违章者交给负责处罚的人。但违章者一般都不会坦率地承认过失，所以处罚可谓最棘手的工作。经手人必须软硬兼施，想尽办法说服违章者，不给对方任何辩驳的空间。带队的本间觉得，四人当中，康正是最适合做这份工作的人。

"我也没说我对油画感兴趣，只想稍微了解一下。"

"你想了解什么？"

"说来也许让人觉得奇怪。画一幅油画一般需要多长时间？"

"这问题确实奇怪。"田坂笑道，"这种事得先看画什么。"

"花。说得详细些，是蝴蝶兰。"

"蝴蝶兰？"

"那花不错。"坐在田坂旁边的本间说道，"不会是有什么蝴蝶兰绘画大赛吧？"

"不是。我就是想知道画盆蝴蝶兰要花多长时间……"

"那也得看画的大小，"田坂说，"精细程度也得考虑进去。"

"精细度马马虎虎，大小嘛，大概这么大。"说着，康正用两手比画了一下。他两手之间的距离比两肩稍宽。

"不清楚啊。"

"以前我在电视上看到过，有个外国人用一个小时左右画了一幅大山和森林的风景画，而且画得很不错。"之前还说自己对艺术一窍不通的坂口说道。

"那节目我也看过。"本间在身后说道，"但那种风景画其实挺简单的。听说画山和森林有一定模式可循。但如果要画蝴蝶兰这类特殊花卉，估计得花两三个小时才能画好。"

"我也觉得。"坂口也同意上司的意见，随后他转身问康正，"你问这事干吗？"

"我在看推理小说。"康正说，"那本小说里有个疑点，在警方推测的行凶时间，凶手却在别的地方画画。"

"什么嘛。"

不光田坂，其他人似乎也骤然间对这事失去了兴趣。警察一般都不看推理小说，或许因为现实中不可能发生小说里描述的案件。尽管杀人案在现实中的确常有，但真实的案件里既不会有时间上的疑问，也没有什么密室，更谈不上什么死前留言。至于那些杀人现场，也不会是什么孤岛或者幻想中的洋楼，案件往往就发生在充满现实感的廉价公寓或路上，动机也大都是"一时冲动"。这就是现实。

可这次的"那件事"确实包含不在场证明的诡计。所谓"那件事"，就是佃润一声称案发当晚九点半到翌日凌晨一点，他一直在家里画画。住在园子隔壁的女人说，星期五晚上十二点前，她曾听到一男一女对话的声音。那个男的毫无疑问就是佃润一。

康正一直在想方设法揪住佃润一的狐狸尾巴。在他看来，那个英俊男子杀了园子的可能性近乎百分之百。

回到警察局，刚在桌旁坐下，康正就发现有人在桌上放了张纸条——"四点左右，弓场女士打电话找你。0564-66-××××"。

看到弓场这个姓氏，康正首先想到的就是弓场佳世子。但从电话号码看，那通电话明显是从爱知县内打来的，也就是从弓场佳世子的老家打来的。康正立刻拽过电话机。

佳世子的母亲接起了电话。听到康正的自我介绍，她的声音立刻充满敬畏。

"我实在查不到您家的电话。后来我听佳世子说，您在丰桥警察局上班，所以就打到这里来了。"她像是为打电话到康正上班的地方致歉。

"您有什么急事吗？"康正问道。

"呃，也说不上是急事，只是我实在找不到其他能问的人，只好麻烦您了。"

"什么事？"康正焦躁起来。

"呃，那个，怎么说呢，令妹的事……是不是已经查清了？"

"您说的'查清'是什么意思？"

"那个，之前好像说……令妹是自杀的吧？有关令妹自杀的原因，是不是都已经查明了呢？"

康正完全没想到佳世子的母亲会问起这件事。

"嗯，原因倒是还没彻底查清楚。"康正模棱两可地说，"您问这事干吗？"

"呃，这个嘛，其实呢……"佳世子的母亲略一犹豫后说道，"昨天，我女儿上学时的一个朋友打电话给我。那人是我女儿念大学时的朋友，现在住在埼玉县。"

"那人说了什么？"

"我女儿的朋友说，前两天有一位警察找了她一趟，问了她许多有关和泉小姐的事。警察找她似乎就是因为她跟和泉小姐是校友。她当时还不知道和泉小姐自杀了，听警察说起这事，她还吓了一跳。"

对方所说的警察估计就是那个加贺吧。康正暗自思忖，却想不明白加贺为什么要去找妹妹大学时的朋友。

"问的时候，警察也提到了佳世子。"

"也就是说，"康正问道，"警察当时问她哪些人和我妹妹关系比较亲密，是吧？"

"不，这倒没有。"

"那是怎么问的？"

"说来奇怪。当时警察让她看佳世子的照片，问她是否认识佳世子。"

"照片？"康正本以为加贺是从园子房里的相册中抽走了照片，可仔细一想，自己似乎并未允许加贺这样做过，"您有没有问过她，警察给她看的是什么照片？"

"据说并不是普通照片。她也曾描述过，但我没弄明白，总之是张少见的照片。"

康正完全摸不着头脑。很少见的照片？到底怎么回事？"照片上的人是令爱吧？"

"应该是。她说虽然大学毕业后只见过我女儿一两次，却立刻就认了出来，还说那照片说不定就是我女儿念大学时照的。"

弓场佳世子上学时的照片……加贺到底是从哪儿弄到照片的？而且他为什么会觉得照片与园子的死有关？康正焦躁起来。

"她联系过令爱吗？"

"没有。她说不知道我女儿现在的联系方式，就打电话给我。我把女儿现在的电话号码告诉了她，或许她已经打了。"

"那您给令爱打过电话吗？"

"我昨晚打过。"

"令爱怎么说？"

"说她不知道，也没有任何头绪……但我总觉得这事挺让人担心，心想您大概会知道什么……"

"所以就给我打了电话？"

"是的。"

康正总算明白了事情的来龙去脉。但就目前的情况看，他无法做出任何回答。就算他能回答，也未必会告诉弓场佳世子的母亲。

"我知道了。我还没跟警察说过令爱是我妹妹的朋友。因为我想这事本来就与令爱无关，如果跟警察说了，他们反而会去找令爱的麻烦。但这或许起了反作用。我认识那个负责调查此事的警察，我会去跟他确认的。那个，不知您方便将令爱念大学时的那位朋友的联系方式告诉我吗？"

佳世子的母亲将那人的电话号码告诉了康正，并由衷地说了句"那就拜托您了"。

既然加贺已经觉察到弓场佳世子的存在，就不能再耽搁下去。加贺迟早会追查到佃润一，在那之前，康正必须将他们逼入绝境。

到了八点多，见没什么事，康正拿起电话。他本打算打给弓场佳世子，但稍一犹豫，决定还是先打给园子她们大学时代的那个朋友。那人叫藤冈聪子。

如果是其他人接电话，康正就必须先讲明身份。听到接电话的正是聪子本人，康正不由得松了口气。而且若换成其他人，必定会对聪子大学时代朋友的哥哥打电话来感到奇怪。

康正表示，自己接到了弓场佳世子的母亲打来的电话，因此希望能和聪子聊一聊具体情况。

"其实也没什么，详细情况我都已经跟弓场的母亲说过了。"电话里传来小孩的说话声。康正不由得心想，园子当年的同学如今大概都已经像聪子这样了。

"你联系过弓场小姐吗？"

"昨天晚上弓场给我打了个电话。我就跟她说了一遍事情经过。"

"弓场小姐都说了什么？"

"她说她根本不知道这到底是怎么回事，而且似乎并不在意。"

这不可能。康正心想。

"那警察给你看的照片究竟是什么照片？"

"是五六张面部特写。"

"听说不是普通照片？"

"对。我感觉似乎是打印出来的电视画面。我丈夫有台数码相机，用数码相机拍的照片打印出来，感觉就跟警察给我看的照片一样。"

难怪佳世子的母亲无法理解聪子的话。

"听说照片是弓场小姐上学时的？"

"对。照片上的弓场就跟她上学时一模一样。三年前来参加我的婚礼时，她就已变得成熟许多，而且比当年要瘦。弓场上学时头发很长，与其说是美女，不如说是长得可爱。"

"警察有没有告诉你，他是从哪儿弄到照片的？"

"没，他没说，只是问我照片上的人是否认识和泉园子。"

"所以你就把弓场佳世子小姐的情况告诉了他？"

"是的。我是不是不该这么做？"

"不，这么做没问题。"

之后，聪子说了几句劝慰的话，向康正打听了有关园子自杀的情况。康正感觉她是那种整天热衷演艺界新闻的人，随口敷衍几句便挂断了电话。

最后，康正决定暂时不给弓场佳世子打电话。他很想问问她见没见过加贺，如果见过，加贺都问了什么问题，她又是否知道加贺手里照片的来源。但转念一想，即便给佳世子打电话，估计她也不会老实交代。

另外，那些打印出来的电视画面到底是怎么回事？

康正向趴在桌上填写文件的坂口询问此类照片的情况。这个年轻人很擅长摆弄机械。

"有种机器叫视频打印机。"坂口立刻回答,"能把录像带上的画面打印成照片。当然,比起真正的照片来,这种照片的画质要差许多。"

"我也听说过。最近用电脑也能做到吧?"

"可以。但如果电脑无法把录像带里的画面转换出来就不行。只要能把录像带转成视频保存进电脑,再找台彩色打印机就能打印。道理都一样。"

"那数码相机呢?"

"视频拍摄下的是动态画面,而数码相机只能拍摄静态画面。那东西跟普通相机一样,唯一的区别就是一个用胶卷记录,另一个则用数码信号记录。如果只打印静态画面,还是数码相机更好。把数码画面保存到电脑里时,因为信号已经过数字化处理,保真度更高。但最近又出现了一种新东西,叫数码摄像机。"

加贺手里那几张照片拍的似乎是学生时代的弓场佳世子。如此说来,照片应该是大约十年前拍的。当时,数码相机尚未普及。

"除此之外,还有什么能把画面保存到电脑里的办法吗?"

"办法其实很多,但大多数情况下都会使用扫描仪。那样就能轻易把照片和底片都存进电脑。"

如果能弄到照片或底片,加贺就不会特意把那种模糊的画面打印成照片了。那些照片应该是从录像带中选取的。

提起录像带,康正不由得想起园子曾打算找邻居借用摄像机一事。那件事和加贺手里的照片之间是否存在什么关联?园子找人借摄像机,到底想要拍什么?

"你打算买电脑?"坂口兴致勃勃地问道。

"不，不是的。我只是在想，如果能把录像带的画面冲洗成照片就好了。"康正含混地敷衍了一句。

"不过话说回来，电脑可真是件好东西。它甚至还能加工保存下来的画面。"

"我也经常听人这样说，但我可没兴趣去拍什么特效电影。"

坂口闻言，不由得微微苦笑了一下。

"说是用电脑加工画面，也不是指去拍斯皮尔伯格或者泽米吉斯拍的那类大片。说到底，也就是拿它稍微加工一下照片，调整对比度和色泽，要不就是稍微做一点合成。我有个朋友把自己的照片合成到他妻子和孩子的双人照上，之后又用富士山当背景，做成贺年卡。一眼看上去，就像是他们全家出去旅行时拍的照片。"

"想到哪个父亲在做这样的事，真让人感觉悲从心起啊。"康正说，"但这倒真的挺方便的。"

"如果拿国外的风景做背景，还能跟人瞎吹牛呢。虽然这么做会让人心里空落落的。"

"明明没去过，却故意说去过？"康正摸着下巴说，"倒也可以拿来当不在场证明啊。"

"又是推理小说吗？"坂口笑着说，"但这未必能行。只要对方粗通电脑，就知道这种事很容易做到。至少在实际案件里，这东西根本就不能拿来当不在场证明。"

"想来也是。"

"不在场证明"几个字在康正脑海中萦绕，佃润一的不在场证明再次浮现。他的不在场证明与照片毫无关系。

有关系的并非照片，而是油画。

康正回想起在佃润一住处看到的那幅漂亮的蝴蝶兰油画。康正并不大懂如何欣赏绘画，但那幅画看起来相当不错，传神地表现出蝴蝶兰的美。

那么美的画应该不是即兴挥毫、一笔画成的，至少也得先画张草图，而且光是草图估计就得花一个小时左右。

最大的可能就是佃润一已事先画好草图。但康正也曾听说，想到送作家一盆蝴蝶兰这一主意的人并非佃润一。

而且，即便佃润一已经提前知道准备送蝴蝶兰——

即便是相同种类的花卉，模样也千姿百态。提前画好的画未必就和之后买来的花一模一样。相反，实际的花和画中的花大相径庭的可能性要高得多。如果差别太大，还会招致佐藤幸广的疑心。

康正认为，佃润一只能想办法在短时间内画好才行。可到底该用什么办法才能做到这一点呢？

康正抬头看向前方。墙边的柜子顶上放着几盆郁金香。与其说是假花，倒不如说是玩具。郁金香的花盆其实是存钱罐，上边贴着写有"交通安全"字样的贴纸。这是之前宣传活动时发给孩子们后剩下的。

康正开始想象绘制这几盆郁金香的情形。他并不擅长绘画，但边看实物边在脑海里把它们想象成油画并不难。

慢着！

康正脑中浮现出一种想法。尽管暂时还无法整理清楚，但它带有某种方向性。诱发这种异变的根源正是他与坂口的对话。

"我还想请教你一件有关电脑的事。"

听到康正的话，后辈坂口颇感意外地微微一笑。

第五章

1

和上次一样，站在佃润一住的那栋位于中目黑的公寓楼前，康正觉得那栋楼正一脸漠然地俯瞰自己，似乎早已看穿康正只不过是一个来自乡下的小警察。

迈向富丽堂皇的玄关前，康正看了看表。时间是下午五点多。康正本想早点来，但前一天值了一夜班，实在太累。康正一直工作到早上，之后只睡了四个小时，就立刻坐上新干线赶来了。

今天是星期六，普通员工不必上班。当然，康正并不了解出版社是否和大多数的公司一样。出发之前，康正没有联系过佃，也就不敢保证他一定在家。

站在保安系统颇为完善的入口，康正摁下佃润一的房门号，但很久也没人应门。

康正朝信箱张望。七〇二室的信箱上写着佐藤幸广的名字。康正转过身，在呼叫器上依次摁下七、〇、二这三个键。

"谁？"对讲机里传出懒洋洋的声音。

"请问是佐藤先生吗？我是曾与您在佃先生家见过一面的警察。

我有些事想找您确认一下，不知现在是否方便？"

"啊，是上次那位啊。我这就开门，呃，要不还是我下去接您吧？"

"不必了，我自己上楼就好。"

"好的。"话音刚落，自动锁便打开了。

佐藤幸广穿一身带风帽的黄色运动服，在七〇二室等待康正。他胡子拉碴。杂乱的房间深处，电视上正在播放美食节目。

"今天您休息？"康正站在玄关问道。看屋里的样子，就算脱鞋进屋，也没地方可坐。

"我一般在周六和周日两天里选一天休息。这周我选择明天再去上班。"佐藤把散落在地板上的杂志扔到一旁，腾出一块空地。杂志全都与烹饪有关。佐藤说不定是个勤奋的人。"呃，要咖啡还是红茶？"

"不，不必劳心。我一会儿就走。"

"是吗？那我就只准备自己的了。"佐藤从冰箱里拿出矿泉水瓶，开始用水壶烧水，"您是来调查杀人案的吧？上次您来过之后，不管我怎么追问，佃都不愿告诉我详情。"

"的确死了人，但眼下一切都还不好说。"

"哦？那就是说，这件事和佃有关？"

"这个嘛，我也不大清楚。"康正摆出一副沉思的模样。

"我明白。哪怕对方与案件毫无关联，警察也必须走访。之前我有个朋友碰巧在一家交易毒品的店里喝了杯冰咖啡，结果就被警察纠缠了好些日子，弄得他连做梦都会梦见那警察。但仔细想想，其实你们也挺辛苦的。整天揪着某个人不放，得耗费许多精力和体力，而且还四处招人讨厌，被人指着脊梁骨骂。真可怜。"

"既然您能理解我们的工作，那是否也能听我说上几句？"

"啊，请讲。我这人总是说起来就没完。"佐藤开始准备泡红茶。

"我想请您再说说那天夜里发生的事。之前您说那天夜里一点，您曾去过佃先生的家，请问这时间是否准确？"

"要问我当时是不是正好一点整，我还真说不好，但应该差不多。每次我下班到家差不多都是一点左右。"

"这是您的习惯吗？换句话说，您是否有过大幅度提前或推迟到家时间的情况？"

"提前到家是绝对不可能的，因为店里每天都在同一时间打烊。推迟的情况也很少出现，因为赶不上末班车就麻烦了。"

也就是说，佐藤正是为佃作不在场证明的绝好人选。

"之前您说过，把比萨送到佃先生的家后还跟他聊了一会儿。"

"对。当时他拿出了些罐装啤酒，我就边喝边和他聊了几句。"

"你们还聊到那幅画？"

"嗯，那幅画画得挺不错的。"

"就跟真的一样？"

"没错。"

"当时那幅画放在什么地方？"

"呃，就在平常他放画的地方。窗边有个三脚架一样的玩意儿，那幅画就架在上边。"

"当时您进屋没有？"

"没，我没进屋，只是坐在玄关台阶上。"

"您在玄关台阶上一坐就是一个小时？"

"嗯，差不多，毕竟他屋里铺满了报纸。"

"报纸？为什么要铺报纸？"

"大概是为了避免作画时颜料溅到地板上。"

"哦。"康正点点头。佐藤的一番话已经让康正心中几个疑问彻底消融。

佐藤为自己泡了一杯红茶，屋子里香气四溢。

"当时佃先生有什么不对劲的地方吗？比如说话时总是心不在焉，或者一直在看表。"

"这问题可难以回答。他要是那副模样，我也就不会跟他聊天了。"佐藤幸广把带花纹的茶杯端到嘴边，轻轻啜了一口，低声说了句"有点涩啊"，然后又冲康正说道，"对了，我记得当时有人打电话给他。"

"电话？"

"我也觉得挺纳闷，心想这大半夜的，到底谁还会有电话。看他接听时嗓门压得很低，也不愿说是谁打来的电话，我也就知趣地告辞了。"

"如此说来，电话是在夜里两点左右打来的？"

"应该是。"

"您能猜出到底是谁打来的吗？他女朋友？"

"这我就不清楚了。我可没兴趣偷听别人的电话。"佐藤站着喝了口红茶，"我说警察先生，刚才您问的这些话我可以跟他说吗？"

"可以。"

"嗯，那等他的嫌疑洗清后，我就去找他聊聊。"

那就得看他是不是真能洗清嫌疑了。康正话到嘴边又咽了回去。他向佐藤道谢，随即离开了。

走到电梯间，电梯正巧到达。康正站在电梯门前等待。门一打开，佃润一从中走出。

康正吃了一惊,但佃润一似乎更惊讶。他翻了翻眼睛,表情就像看到了什么幻象,但片刻后便又包裹上一层嫌恶的面纱。

"真巧啊。"康正冲佃润一笑了笑。

"你来这里干吗?"佃润一看也没看康正一眼,径自迈开脚步。

"我本来是来找你的,看你不在,就先去找了佐藤先生。你去哪儿了?"

"我去哪儿用不着你管。"

"能问你几句话吗?"

"我跟你没什么可说的。"

"我倒是有几句话要跟你说。"康正紧跟在脚步匆匆的佃润一身后,"比如有关你的不在场证明之类的。"

听到这句话,佃润一停下脚步。他扭头望着康正,长长的额发垂落下来。他抬手捋了捋,用挑衅的目光瞪着康正。"你想说什么?"

"我不是说了吗,我想和你聊的就是这事。"康正也回瞪对方。

佃润一挑了挑眉毛,从口袋里掏出钥匙,插进钥匙孔。

房间里光线昏暗,窗外已是一片夜色。佃润一依次摁下墙上的开关,日光灯的光亮立刻充满整个房间。那幅蝴蝶兰的画就像之前一样,依旧放在画架上。

"我可以进屋吗?"

"进屋之前,"佃润一站在康正面前伸出右手,"麻烦你先让我看一下警察手册。"

对方出乎意料的反击让康正有些吃惊。为了调整心情,摸清对方此举的目的，康正从头到脚打量了佃润一一番。

"不敢吗？"佃润一鼓起鼻翼说道，"你不是带着警察手册吗？但你手上那本不是警视厅，而是爱知县的警察局发的，所以不敢拿出来让我看，对吧？"

康正终于明白了事情原委，同时也觅得了回旋余地。"你是听弓场佳世子说的吧？"康正撇嘴一笑。

佃润一露出一副隐私遭到侵犯的表情。"麻烦你别对她直呼其名。"

"如果我的话让你感到不快，我向你道歉。"康正脱鞋走进屋里。他一把推开挡在身前的佃润一，径自走到最里面，俯视那幅蝴蝶兰的画，"画得不错，挺厉害嘛。"

"你骗我说你是刑警，到底有何目的？"

"不可以吗？"

"骗人还有理了？"

"有理没理不是你说了算的。还是说，如果早知道我是园子的哥哥，你就会避开我？"

"我可没这么说。我是问你为什么要谎称自己是刑警，跑到我这里来问话？"

"你是希望刑警出面问你不在场证明，还是希望被害者的哥哥出面？我这么做也是为了你好。"

"和泉先生，"佃润一往地毯上一坐，捋着头发说，"我很同情园子的遭遇，也能理解你的感受。但请你不要再抱着那些奇思怪想不放。我和佳世子都与此事无关。"

"佳世子吗？"康正抱起双臂坐到窗台上，"的确，把她和园子放在一起，大多数男人都会选择她。她不光打扮时髦，身材也好，会搭配衣服，还是个美女。园子虽然比她高，却稍稍有些驼背，肩膀太宽，胸部又小，当然也算不上美女。"说着，康正用右手拇指指了指自己的后背，"而且背上还有块星形疤痕。"

康正的最后一句话似乎出乎了佃润一的预想。佃轻挑眉毛，似乎并不知道园子身上的那块伤疤是康正弄的。

"我可从来没拿她们做比较。"

"没做过比较？那是不可能的。自从园子给你介绍佳世子后，你就开始比较了。还是说从见到弓场佳世子的那一瞬间起，你的脑中就再没有园子了？"

"我想佳世子应该也和你说过，我是在和园子分手后才开始和她交往的。"

康正静静地听佃润一说完，探头问道："你们是这么商定的？"

"商定什么？"

"你和弓场佳世子已经商量好就这么说，是吧？"

"我们可没商量过。我只不过在讲述事实罢了。"

"打开天窗说亮话吧。"康正站起身来，"如果你和园子的死没有半点关系，那么园子的住处为什么会有你的头发？麻烦你解释一下。"

"头发？"佃润一的目光开始不安地四处游移。

"估计弓场佳世子也跟你说过，园子的住处也有她的头发。据她解释，周三时她曾经找过园子，头发大概是在那时掉落的。接下来，我就来听听你的解释。"

"头发……"佃润一露出了沉思的表情，但旋即又轻轻点了点头，"是吗，是头发啊。就因为那些头发，你才怀疑我们？"

"我会怀疑你们，最大的原因还在于你们有杀人动机。"

"我们能有什么动机？我又没跟园子结婚。"

"即便没结婚，也有让你难以甩开她的原因。比如园子怀上了你的孩子，你却跟她说你们迟早会结婚，用甜言蜜语哄骗她把孩子打掉了。如果事情是这样的，情况又会如何？"

佃润一不屑地哼了一声。"说的就跟肥皂剧似的。"

"现实有时比肥皂剧更肥皂剧。在现实中，人的生命甚至比小说和电视剧中更容易被看轻。前不久，有个卡车司机开车轧到一个孩子，孩子当场死亡，卡车撞到墙上，司机也身受重伤。司机的老婆说，反正今后她老公也没法挣钱了，还不如干脆死掉。"

"我可没杀人。"

"别像念经一样。你倒不如解释一下，为什么现场会有你的头发？"

佃润一闭口不语。过了半晌，他才艰难地开口道："星期一。"

"什么？"

"我……"佃润一叹了口气，"去了一趟园子的住处。"

康正把头扭向一旁，张大嘴无声地笑了笑。"弓场佳世子是周三去的，而你是周一去的。真不错。"

"我说的是实话。"

"你不是已经和园子分手很久了吗？事到如今，你又去找她这个被你甩掉的女人干什么？"

"她联系了我，让我把画拿回来。"

"画？什么画？"

"猫的画。是我之前送给她的，总共两幅。"

园子邻居的话在康正脑海里复苏。那女人说过,之前园子的住处放着两幅猫的画。

"事到如今,园子怎么忽然想把那些画还给你?"

"她说早就想到这事了。虽然她喜欢猫,但既然已经分手,她也就没道理留着我送她的画了。可她又不愿直接扔掉,就想干脆还给我。"

"亏你能想出这样的理由,我佩服得五体投地。"

"信不信由你。你如果要跟警察说,也随你的便。"

佃润一脸不满,两手撑在身后。估计他早已看出康正不会跟警察说,才会如此有恃无恐。

"你知道吗?园子的隔壁住的是一个女自由撰稿人。"

"不知道。"

"据那女人说,园子死去那天夜里十二点前,她听到园子房内有一男一女说话的声音,其中的女人应该就是园子。从时间上看,当时园子应该已经服下安眠药,所以对话大概发生在她睡着之前。那么男人又是谁?行凶后,如果立刻进行善后处理,凌晨一点前应该能赶回这里。"

"那天夜里十二点前,"佃润一摸了摸脖颈,"我在家里画画。这事我已经说过。"

"就是这幅吗?"康正指了指那幅蝴蝶兰的画。

"对。"

"不对吧?"

"怎么了?"

"这幅画是你后来画的。那天夜里,你根本就没画画。"

"佐藤不是已经替我证明了吗？莫非你怀疑他撒谎？"

"不，他并没有撒谎。他是个诚实的年轻人，"康正点头说道，"但是观察力有些欠缺。"

"你这话什么意思？"

康正站起身，用手做了个在地板上划过的动作。"我听他说，那天夜里，这房间里铺满报纸。你说这样做是为了避免颜料洒到地上，但其实另有原因。你这么做就是为了不让佐藤进屋。"看到佃润一移开目光，康正接着说道，"你为什么不想让他进屋？其实他进不进屋并不重要，但你怕他凑近看那幅画。如果当时他再凑近些，"康正站到书桌前，"他就会发现，那幅画并不是你画的，而是这玩意儿画的。"说着，康正把手放到电脑的显示器上。

佃润一撇了撇嘴。"让电脑画油画？天大的笑话！"

"不是油画，是看似油画的东西。"康正环视屋内，"你有数码相机，对吧？或者摄像机也行。"

佃润一沉默不语。

康正再次站到那幅画前。"那天夜里，你就是用那类相机给那盆蝴蝶兰拍了张照片。照片就是这幅画的原型。之后，你把照片输入电脑进行加工处理。我已经打电话到你以前任职的计划美术设计事务所，询问电脑是否能把照片加工成油画的样子，对方给出的回答自然是'Yes'，说他们在十年前就可以加工。我又问曾在那里任职的你是否掌握这门技术，得知这种事对你来说根本就是小菜一碟。也就是说，当时你将材料交给电脑，命令电脑开始工作，随后就离开这里，去了园子的住处。等你办完要办的事，回到这里时，电脑已经把那幅以假乱真的油画打印好了。你只须把它挂到画架上，等待热心的佐藤给你送比萨就行了。骗过他后,你又花时间照着电脑打出的那张照片临摹了一幅真正的油画。"康正站到佃润一面前,俯视着他说道,"怎么样?我的推理能力不容小觑吧?"

"证据呢?"佃润一问道,"你有证据证明我曾使用过你说的那种作案手法吗?"

"你刚才不是还看穿了我其实是个冒牌刑警吗?既然是冒牌刑警,又何需证据?"

"也就是说,不管我说什么都没用。"佃润一也站起身,"你早已一口咬定是我杀了园子,为了配合这种臆想,你可以捏造出任何事实。既然如此,那我也只好说一句'随你便'了。你爱怎样假设,我都管不着。你大可发挥你的想象力,恨我恨到咬牙切齿。但丑话说在前面,"他瞪着康正说道,"你的假设大错特错,事情根本就没有你想象得那样复杂。你妹妹是自己选择了死。"

康正笑了笑,但立刻恢复了严肃。他伸出右手,一把揪住眼前这个男子的衣襟。"那我就照实跟你说吧。我认定你杀园子的可能性是百分之九十九。正因为还差那百分之一,我现在才会这么客气地跟你说话。你就等着吧,我迟早会揪住剩下的那百分之一。"

"你犯错的可能性是百分之百。"佃润一拨开康正的手,"你给我滚出去。"

"你就好好等着吧,我还会来找你的。我很快就会来。"

康正穿上鞋走出房间。

佃润一砰的一声关上门。在康正听来,房门上锁的声音也同样刺耳。

2

来到涩谷，康正从投币式储物柜里取出寄存的行李，坐上山手线。也许是周六的缘故，年轻人特别多，但也有不少看似被迫周末加班的上班族，在康正身旁，一个戴眼镜的男人正用手机细声细气地打电话。这种每个人都被什么东西逼迫的感觉到底是这地方的特性，还是因为眼下已到年底，或者只是纯粹的心理作用？康正实在不明白。

康正回忆起刚才与佃润一的较量。很明显，从佃润一并没有当场反驳这一点来看，康正对他不在场证明的分析应该是正确的。正如康正所说，他根本就不需要任何证据。

但如果说到是否已经抓住真相，康正就只能紧咬嘴唇了。眼下还有不少疑问亟待解决。虽说只要能迫使对方坦白罪行，所有问题也就迎刃而解，但眼下康正掌握的材料实在太少。

果然还是应该从弓场佳世子身上寻找突破口。

佳世子那张娇小端正的面庞浮现在康正的脑海中。就算整个案件都是佃润一独自策划实施的，佳世子也不可能对此一无所知。很明显，他们曾经商量过如何携手对付康正。

就在康正思索该怎样从佳世子身上找到突破口时，忽然感觉右侧似乎有人正在观察自己。他一只手紧握吊环，扭头看向对方。

站在车门旁边的不是别人，正是加贺。加贺攥着一本周刊杂志，却丝毫没有用杂志掩饰自己的意思。别说遮掩，当两人目光相撞时，加贺还冲着康正笑了笑。那笑容甚至能让一些女人都自叹弗如。

列车到达池袋，康正决定下车。加贺当然也跟着下了车。

"你是从什么时候开始跟着我的？"康正一边走下月台的台阶一边问道。

"我也不是有意跟着您的，只是偶然发现，而且回家的方向也正好相同。"

"我要问的就是你到底是在哪儿看到我的。"

"我也记不起来了。"

此前在东京站下车后，康正直接去了佃润一住的公寓。加贺应该不是在康正去找佃润一的路上看到他的。

走到柱子旁，康正停下脚步说道："中目黑？"

"正确。"加贺竖起拇指，"当时我跟踪某个男人到了那栋公寓，没过多久，您就从公寓里出来了。感觉挺有意思。我问公寓的管理员，管理员说那人叫佃润一，在出版社上班。佃润一这名字似乎在哪里听到过。"

康正盯着加贺那张晒得黝黑的笑脸看了一阵。听加贺的语气，在去那栋公寓前，他似乎还不知道佃润一的名字。如此说来，加贺到底是从哪里跟踪佃润一到中目黑的呢？

"是吗？"康正点点头，"那家伙之前大概去见弓场佳世子了吧？"

"就在高圆寺那边弓场住的公寓里。整整商量了两个小时。"

看起来，加贺一大早就跑到弓场佳世子的公寓盯梢了。今天是星期六，加贺大概早已算定，两人今天必定会采取什么行动。即加贺早已确信佳世子与本案存在很大关联。这究竟是为什么？

"练马警察局已经认可你的单独行动了？"康正朝自动检票机迈

出脚步,"我听说,警视厅已经因另一起杀人案成立了搜查本部呢。"

"我磨破了嘴皮子,终于得到了上司的许可。只不过上司跟我提了个条件。"

"什么条件?"

"要获得您的证词。"

加贺一边说一边把车票投进机器,走出检票口。

"我的证词?"

"就是有关门链的事。"加贺说,"如果无法在最近几天从您这里得到房门并未拴着门链的证词……"说着,加贺猛地松开紧握在眼前的拳头。

"这可真令人遗憾。你根本就毫无胜算。"康正朝西武池袋线的车站迈开步子。

"咱们去喝一杯如何?"加贺做了个端酒杯的手势,"附近有家物美价廉的烤鸡肉串店。"

康正看了加贺一眼。从加贺的表情上,康正并没看出任何恶意。尽管实际上并不可能,但至少加贺现在的表情与之前标准的刑警表情完全不同。

酒后吐真言——康正脑中浮现出这样的念头。而且,和眼前这个男人一起喝上一杯似乎也不赖。

"我请客。"

"不,还是各自付钱吧。"康正说。

那家烤鸡肉串店并不大,只能坐下十位客人。康正和加贺坐到唯一一张可供两人对坐的桌旁。加贺的座位背靠倾斜向上的楼梯背面。

"我尝过名古屋鸡肉的美味，但这里也有这里的风味。"加贺喝了口啤酒，从一大盘烤鸡肉串中拿起了一串。

"我跟你来这里，是因为有些事想问问你。"

"边喝边聊吧。"加贺给康正倒上酒，"这种能和外地警察好好聊聊的机会其实很难得，但对您而言，这样的相遇未必愉快。"

"说起来，我们组里还有你的拥趸呢。"

"拥趸？"

"我一提加贺恭一郎，他就立刻说你曾经拿过全国剑道冠军。"

"不敢当。"加贺面露羞涩地说，"请转告他，还请他多指教。"

"我也看过有关你的报道，所以在看到你的名字时，总觉得似乎在什么地方见过。我也学过一段时间剑道，但也没学出什么名堂来，更不能和你相提并论。"

"荣幸之至。但那都是以前的事了。"

"最近你不练了？"康正用左手拿住鸡肉串，轻轻上下挥动。

"没时间啊。前几天我刚练两下，就感觉喘不过气，年纪不饶人啊。"加贺皱了皱眉，喝了口啤酒。

康正吃了些烤鸡皮，连声称赞。加贺笑了笑。"没来错吧？"

"你为什么当警察？"康正问。

"这问题还真难回答。"加贺苦笑了一下，"如果非要说出个所以然来，那我只能告诉您，这大概就是所谓的命运吧。"

"嗯。"

"我也曾经厌倦过几次，但到头来，反而觉得这工作或许才是最适合我的。"

"记得你说过,你父亲也是警察。"

"正因如此,我才不喜欢警察这职业。"加贺嚼着鸡肝反问道,"和泉先生呢?您为什么选择当警察?"

"我也不明白。最大的原因也许是因为通过了考试。"

"怎么会。"

"真的。我参加过许多考试,除了警察考试,还参加过公务员考试。总而言之,我当年就是想尽快找一份稳定的工作。"

"为什么?"

"因为早年丧父。"

"哦……所以令堂就得由您来照看,是吧?"

"也有这方面的原因,但最让我放心不下的还是妹妹。等她到了谈婚论嫁的年龄,要是一脸穷相,那就太可怜了。她算不上什么美女,但我不想让她觉得自己不如别人,希望她能够挺起胸膛做人。"

想起园子,康正的嗓门在不经意间抬高了几分。看到加贺正目光真挚地看着自己,康正赶忙低头喝了口酒。

"我能理解。"加贺说,"和泉园子小姐有个好哥哥。"

"这可未必。事到如今,什么事都说不清了。"康正一口气喝干剩下的酒。

加贺再次给康正倒上酒,说:"我听说弓场佳世子不会喝酒。"

康正抬起头。"真的?"

"错不了。我找她的同事和同学求证过,她几乎滴酒不沾。"

如此一来,佳世子行凶的可能性就越来越小,因为她不可能和园子一起喝葡萄酒。

"我想问一句,你为什么会盯上那女人?"

听到康正的问题，加贺深陷在眼窝中的双眼泛起光芒。

康正盯着加贺的双眼，继续说道："我知道你曾拿着她的照片去问她的同学。那到底是什么照片？你又是从哪儿弄来的？为什么你会知道照片上的女人和这次的案件有关？"

加贺淡淡一笑。但这一笑和他此前的笑容有明显区别。"您说想问一句，结果却问了一串啊。"

"从根源上说就是一个问题。请回答。"

"好，但您得先答应我一个条件。"

康正立刻就猜到加贺要说什么。"门链的事？"

"对。只要您愿意为门链的事提供真实的证词，不管什么事，我都会告诉您。"

"一旦提供真实的证词，我手上的牌就被你们看光了。"

"有何不可呢？警方会代您出面，处理善后。"

"没人能代替我。"康正用烤串的扦子尖部在盛在盘中的酱油里写着"园子"二字。

"我为何会盯上弓场佳世子，这是个很关键的问题，也可以说是我手里最大的王牌。我不能轻易就给您看。"

"我听说你手里的照片并非普通照片，而是用视频打印机打印出来的。"

"您这种诱导询问对我是不管用的。"加贺微微一笑，给康正倒上酒。看到酒瓶已空，加贺又点了一瓶。

"你和弓场佳世子谈过没有？"康正决定换个角度展开攻势。

"不，没谈过。"

"连谈也没谈过，你就盯上她了？就像你早就知道她有男友一样。"

"这我还真不知道,但我猜到应该还有一个人跟此案有关。"

"为什么?"

"因为凶手不是弓场。至少,她不可能单独行凶。"

听到加贺笃定的语气,康正不由得缩了缩身子。"是因为弓场滴酒不沾?"

"也有这方面的原因。"

"难道还有其他原因?"

"她的确是个美女,身材也不错,但她身上存在一个缺点。说是缺点,感觉似乎有点可怜。"

"身高太矮?"

"对。"

"你是说,那个创可贴?"

听到康正的话,加贺端着酒杯,用食指指了指康正。"您也留意到了?"

"你不也一样?"康正本想和加贺碰杯,但又觉得有些不妥,便放弃了。

两人以烤鸡肉串下酒,默默地喝了一会儿,加贺又改用轻快的语气问道:"凶手就是佃吧?"

"我可没这么说。"康正巧妙地避开了对方的话锋。

"看来您手上还没有掌握决定性的证据啊。"

"你呢?"

"我的行动一直比您慢。"加贺耸了耸肩,"刚才您和他都聊了什么?"

"你觉得我会告诉你吗?你还没告诉我那些我想知道的事呢。"

加贺闻言，笑得前仰后合，然后又给自己倒上酒。他似乎很喜欢和康正这样闲聊，至少从表面看是这样。康正心中不由得萌生一种想要搞点恶作剧的想法。

"那我就告诉你好了，他有不在场证明。"

"哦？"加贺睁大了眼睛，"什么不在场证明？"

康正把佃润一声称的不在场证明详细告诉了加贺。那天晚上，佃润一是在九点左右从公司回到家的。从九点半到深夜一点之间，他一直在画画。一点到两点之间，同一栋公寓的朋友去找他闲聊了一阵。最后康正又补充说，当时那个朋友看到了一幅基本已经完成的画作。

"你应该也听住在园子隔壁的女人说过，十二点前，她曾听到园子住所里传出一男一女交谈的声音。但如果无法推翻这番不在场证明，就无法肯定当时在园子住所说话的男人是佃。"

"还真是个棘手的障碍。"比起佃润一的不在场证明，加贺似乎对故意在他面前提起这事的康正更感兴趣，"但您已经排除了这个障碍。所以您刚才特意去找他，告诉他您已经彻底推翻了他的不在场证明。是这么回事吧？"

"我可没这么说。"

"很遗憾，眼下我还无法当场揭穿他耍的把戏，其中必定有什么巧妙的手法。听过您的讲述，我更在意他两点之后的不在场证明。死亡推定时间的跨度很大，即便推定凶手是在两点以后行凶的，对案件也没什么影响。因为碰巧有了女邻居的证词，所以佃在画画时的不在场证明成立，但如果没有那番证词，他的不在场证明也就没什么作用了。"

"我也觉得奇怪。他不会开车,他说他无法在深夜出行……"

"坐出租车对凶手而言有些冒险,但警察还没蠢到只因这一点就不去怀疑这种可能性的地步。"

"我也这么觉得。他也应该能想到这些情况,所以或许他是故意这么做的。"

"故意?"

"深夜两点后,普通人一般都无法证明自己不在场。如果有不在场证明,反而会引起他人的疑心。或许那家伙也想到了这种常识性问题。"

"的确如此。"加贺点了点头。

沉默再次降临。不知何时,店里的客人多了起来。

"和泉先生,"加贺忽然改变了说话的语气,"您可真厉害。瞬间的判断力、推理能力,还有您的决心与毅力,让我敬佩不已。"

"干吗忽然说这些?"

"如果您愿意把您的这些能力发挥在查明真相上,我没什么可说的。但您不该把它用在复仇上。"

"我不想和你聊这些。"康正重重地把杯子放到桌上。

"这很重要。您应该不是容易头脑发热、感情用事的人。至少,您不适合充当这样的角色。"

"别再说了。你了解我吗?你凭什么这么说?"

"我对您几乎一无所知,但我很清楚一件事。三年前,在您负责处理的一起事故中,一个暴走族出身的年轻男子驾车闯红灯,快速冲进十字路口,跟一个公司职员驾驶的车相撞,导致对方死亡。当时所有人都坚信事故的原因在于男子闯红灯,您却详细调查目击者的证词和红绿灯的间隔，最终查明，在事故发生的瞬间，男子和公司职员双方所在的路口其实都亮着红灯。也就是说，那个公司职员也存在闯红灯的嫌疑。有关这一点，公司职员的家属曾经提出抗议，质问说身为警察，莫非您还要替暴走族撑腰。面对如此情况，您当时回答，您的工作并不是决定到底该处罚谁，而是调查悲剧发生的原因。后来，那个路口的红绿灯得到了改善。"

"我不清楚你是听谁说的，但那已经是陈年往事了。"康正把玩着空杯子。

"在那起事故中，您展现出了真正的为人。不管是交通事故还是杀人案，本质都没有任何区别。我不会劝您别对凶手心怀怨恨，我很清楚，有时这其实是一种动力。但这种动力应该倾注到查明真相中去。"

"我叫你别再说了。我不想听你说这些。"

"既然如此，那我最后再多说一句。眼下，我还没把您要找凶手报仇的打算告诉任何人，因为我相信您一定会悬崖勒马。但如果到了万不得已的地步，那么不管采取怎样的手段，我都会阻止您找凶手报仇。"

"你这话我记住了。"

两人对视数秒。或许是因为喝了酒，加贺的眼睛稍稍有些充血。

店门被人拉开，两个看似公司职员的男人探头进来看了看。店里早已座无虚席。

"咱们差不多该走了吧？"说着，加贺换上平日里的那副笑脸，"这家店还不错吧？希望还能有机会和您一起来这里喝两杯。"

加贺的话语中似乎包含了他盼望康正不要犯下大错的心愿。

3

买下几样东西之后,康正来到园子生前住的公寓。他买了十米长的电线、两个电线插头、两个台灯用的线控开关、一套改锥和钳子,还有一些氨水。

房间里一片死寂。为排解内心的寂寥,康正打开了电视。他摁了几下遥控器,耗费了一点时间才调到合适的节目。东京和爱知县接收到的频道完全不同。弄清频道一是 NHK 后,他扔下遥控器。

康正在卧室地板上盘腿坐下,忙碌起来。他首先把电线剪成两段,每段五米,又分别在两段上各接了一个插头。最后,他分别把两根电线从距离插头一米左右的地方剪断,各装上一个线控开关。

就在康正安装线控开关时,电视新闻播报了一条杀人案的消息。杉并区发生了一起杀人案,凶手疑似与上个月在练马区发生的女职员被杀案的凶手为同一人。凶手由阳台闯入室内,用绳索勒死熟睡中的女职员,卷走了室内所有财物。至于被害者是否遭到性侵,新闻中并未提及。

估计练马警察局又要忙起来了,康正不由得想道。加贺的单独调查行动大概也持续不了多久了。

康正回想起刚才自己与加贺之间的对话。

我相信您——加贺的这句话感觉并非只是一句空话。如果他真的说到做到,想尽一切办法阻止康正复仇,那他现在就可以做一些预防工作。他之所以没这样做,就在于他把赌注全都押在康正的理性上。

但他实在太年轻，康正心想，他甚至都还没明白到底什么叫人。人要比他想象得更加丑恶、更加卑劣、更加弱小。

康正甩甩头，想把加贺真诚的说辞全都抛诸脑后。他现在什么都不想去考虑，只想一心一意做好手头的事。

眼下，康正所剩的时间已经不多。加贺已经知道弓场佳世子的存在，随后又顺藤摸瓜查到佃润一。估计用不了多久，加贺就会发现佃润一是园子的前男友。不，或许加贺早已觉察。加贺如此精明，不可能还没查到佃润一曾在园子的通讯录中出现的计划美术设计事务所里任职。目前加贺受门链一事所绊，无法轻举妄动，但如果他抓住了能够让佃润一认罪的证据，应该就会毫不犹豫地提起杀人案诉讼。毫无疑问，那个刑警的手里必定掌握着什么。

康正觉得今明两天就是与加贺一决雌雄的日子，眼下康正所做的事也正是基于这种判断。

问题的关键就在于接下来该如何行动。

新闻播完，电视剧即将开播。康正摁下遥控器，关上电视。

过了一会儿，康正忽然听到身后啪嗒一声。响声来自玄关房门处。康正扭头看了一眼。

似乎有人往信箱里塞了什么东西，随即康正又听到房门关上的声音。应该是从隔壁女自由撰稿人的房间发出的。

康正起身走到玄关房门处，打开信箱。信箱里塞了一个白色小纸包。打开一看，是一盒磁带，似乎录了些曲子。光从英语写成的曲目上，康正无法判断是什么音乐。

除了磁带，包里还有一张纸条，上面写着："这是之前我找令妹借的磁带，一直忘了还，真是抱歉。"

看来对方以为屋里没人。说来也是，园子的哥哥住在爱知县，正常情况下怎么可能如此频繁地来东京呢？

康正看着磁带，心里忽然萌生了一种想法。他拿出纸笔，边写边思考了十分钟左右，又仔细检查自己的想法中是否有重大疏漏。检查了一会儿，康正觉得，即便此举无法顺利实施，也不会对今后的行动造成任何限制。

康正走出房门，摁响隔壁的门铃。

"哪位？"大概因为时值深夜，女人的声音听起来有些僵硬。周围光线昏暗，即便透过门镜，也无法看清门外站的到底是谁。

"我是隔壁的和泉。"康正回答。

"啊！"女人的声音中夹杂着一丝安心的感觉，"您在家啊？"房门开启，女人一脸开朗的表情。

"我打了个盹，刚发现您把这东西塞到了信箱里。"康正拿出磁带。

"真抱歉。我本该早点归还的。"女人低头道歉。

"不，这倒没什么。"康正略一犹豫，接着说道，"我有个小小的请求。"

"啊？"女人露出一丝困惑的表情，"什么请求？如果能办到，我会尽力帮忙的。"

"您当然能办到。其实事情很简单，我只是想请您帮忙打个电话。"

"电话……打给谁？"

"电话号码我已经写在上边了。如果您能按照我写的去说，我将感激不尽。"说着，康正拿出刚刚写好的纸条。

女人看了看纸条，一脸惊讶，用好奇的目光盯着康正，问道："这到底是怎么回事？"

"抱歉。现在还不能说明详情。"

"是吗？但让人觉得有些怪怪的。"

"如果您不愿意，我也不强求。"康正伸出右手，准备接回纸条。

"我这么做不会给任何人添麻烦吧？"

"不会。"康正斩钉截铁地说道。其实这根本就不是给人添麻烦。

女人歪着脑袋再次看了看纸条，然后一脸顽皮地看向康正问道："事情过去后，您会把原委告诉我吗？"

"可以啊。"康正挤出笑容。反正等一切全都结束后，女人就会渐渐弄清来龙去脉。

"好吧，那我试试看。现在就打吗？"

"如果您方便的话。"

"那请您稍等片刻。"

"不好意思，有劳您了。"

康正惴惴不安地目送对方消失在房间里。

这天夜里，康正几乎没睡着觉。一想到不知猎物究竟会在何时落入自己设下的陷阱，他就感觉无比焦躁。虽已到了深夜，公寓楼里仍不时传来人的走动声。每次听到脚步声，他的身体就会骤然僵硬。

看到窗外的天空渐渐泛起鱼肚白，康正开始怀疑自己的想法是否有错。他觉得虽然自己的计划并不是毫无根据，但也不能排除估算错误的可能。

六点已过，外边渐渐喧闹起来，康正开始觉得自己或许该提早想好下一步棋该怎样走。想来想去，他也没能想到什么好主意，只觉得眼皮渐渐沉重起来。

就在他昏昏欲睡时，忽然传来了咔嚓一声。坐在卧室里的他立刻下意识地循声望去。

房门缓缓打开。他连忙躲到卧室门后。他感觉有人走进屋，随后门被关上，紧接着传来信箱被打开的声音。

估摸着时机已到，康正从门后走出，说道："嘿，欢迎来访。"

弓场佳世子穿着带风帽的白色外套，全身僵硬地背对康正。

4

康正让女撰稿人打电话的具体内容如下：

我是和泉园子的邻居。她临死前，我曾借了台摄像机给她。园子亡故后，她的家人把摄像机还给了我。后来我发现摄像机里还装着她用过的录像带。考虑到隐私问题，我并没看带子里都录了什么，但想到这东西或许很重要，我打算把它还给园子的亲属。不巧和泉小姐的哥哥已经回到爱知县，而我明天也要出国，所以我就把带子塞进和泉小姐房门上的信箱了。我的请求或许会给您带来麻烦，但不知您能否将此事转告和泉小姐的家人？以前和泉小姐独自出门旅行时，曾经将您的电话号码告诉了我，说如果她在路上遇到什么不测，就让我联系您这个她生前最信任的人……

事情的关键就在于要想办法让弓场佳世子主动来这里。康正此举最主要的目的就是要让她自己动手打开这间公寓的门。

为此，康正拿出八毫米录像带作为诱饵，也可以算孤注一掷了。园子临死前曾找人借过摄像机，康正虽觉此事与案件有一定关联，却也不能完全排除与案件彻底无关的可能性。如果对方不上钩，那么不管今后再去准备什么诱饵，只要一牵扯到那位女邻居，对方都会有所戒备。

主动权已经落到自己手里了。康正心想。

"好了。"康正俯视着弓场佳世子。此刻的她正垂头丧气地坐在饭桌旁的椅子上。站在一旁的康正感觉眼前的情景就像在审讯室里一样。而即将开始的也正是一场不折不扣的审讯。

"咱们先来聊聊那盒带子吧。你觉得带子里都录了什么？"

"……我不知道。"佳世子小声说道。

"你既然特意跑来拿带子，就不可能不知道。不，"康正盯着她，"你是来偷那盒带子的。"

佳世子眨了眨眼。她的睫毛依旧那样修长漂亮。"我真的不知道。可是……我很想知道园子到底拍了什么……我为自己擅自进屋的行为表示歉意。"

"那好，带子的事一会儿再问你好了。接下来我要问的就是你刚才道歉的那件事。这把钥匙是怎么回事？"康正将一把钥匙放到桌上，正是刚才佳世子用来开门的那把。

"这钥匙之前就在我这里。"

"之前就在？为什么？"

"是润一很久之前交给我的。他也是从园子那里得到的,但后来他和园子分手了,就不再需要这钥匙了。可是转而由我来还给园子,感觉也有些怪怪的,所以我一直没找到合适的机会还给她……"佳世子的话始终让人感觉模棱两可。

"你这番话只有一半是真的,另一半是假话。"康正指着佳世子的脸断言道,"钥匙的确是你从佃那里拿到的,但他不是在很久之前给你的。他是在最近,弄不好是刚刚给你的。"

"不是的,我真的是……"

"你撒谎也没用。"康正挥了挥左手,"如果这把钥匙很久前就在你手里,那杀园子的凶手就是你。你甘愿背负杀人的罪名吗?"

"……为什么这么说?"

"很明显,园子根本就不是自杀的。我敢这么说是因为我已经掌握了很多证据。问题的关键就在于凶手究竟是谁。在我发现尸体时,这里的房门是锁着的。这公寓本来只有两把钥匙。其中一把放在园子包里,另外一把则一直由我来保管。也就是说,凶手手里应该还有一把备用钥匙。道理很简单。"康正凑到佳世子面前,压低嗓门继续说道,"我知道你是在包庇佃。为了你自己着想,还是说实话吧。如果你再不配合,那我只好把你当成佃的共犯。"

佳世子露出胆怯的神色。尽管如此,她依旧仰头反驳道:"你说的那把备用钥匙也未必就是我手上的这把。"

"哦?你的意思是说,除此之外,还有其他备用钥匙?"

"还有一把。园子当时配了两把钥匙备用。"

"哦?"康正用指尖轻轻敲打桌面,"那么,另外那把备用钥匙又在哪里?"

"园子平日都会把那钥匙放在鞋柜最上层。"

康正走到玄关前,打开鞋柜。鞋柜里根本就没有钥匙。

"没有啊。"

"我已经说过了。"佳世子说道,"恐怕是有人拿走了。"

"那又是谁拿走的?在这世上,恐怕只有你和佃跟园子的关系亲密到会让她告诉你们备用钥匙的位置吧?如果刚才那把钥匙很久以前就在你手上,那么从鞋柜里拿走钥匙的就只可能是佃。也就是说,佃就是凶手。"

"不对。不是这样的!"

"哪里不对?"

"他不是凶手。"

"你凭什么这么说?因为你喜欢他?你可要想清楚了,他曾经欺骗过园子,说不定现在也只是在欺骗你。"

"不会的!"

"那我问你,你凭什么说他不是凶手?刚才你说过,这公寓有两把备用钥匙。其中一把在你手上,另一把却不见了。如此一来,不就只可能是佃拿走了吗?"

"不对,他不是凶手。"

"那凶手到底是谁?"

"是我。"

"什么?"康正不由得瞪大了眼睛。

"另一把钥匙也是我拿走的。"

"就算你信口开河,谎言也会立刻被揭穿的。"

"我说的是真话。是我星期三来这里时,背着园子偷偷拿走的。"

"你为什么要拿走？"

弓场佳世子低下头，嘴唇微微颤动。

"你为什么要拿走？"康正再次问道。

佳世子终于抬起头。看到她的表情，康正不由得吃了一惊。那表情宣告她已经彻底下定决心。

"为了杀园子。"佳世子用真挚的目光看看康正，一字一句地说道。

5

沉默的时光总让人觉得无比漫长，但实际上，过去的时间还不到一分钟。

"你知道自己在说什么吗？"康正问。

"知道。说实话，昨晚园子的邻居给我打电话时，我就觉得这或许是个陷阱，但也没办法……我想，事情若真到那种地步，那干脆就把真相说出来好了。"

"你准备说出一切吗？"

"对。"

"那请你稍等。"

康正从包里拿出录音机，摁下录音键，放到桌上。事情的发展已经彻底超出了康正的预料。

"一切都怪我。"佳世子静静地开始讲述，"是我把园子害死的。对不起。"

说完，佳世子的睫毛上闪烁起晶莹的泪光，就像要把之前深藏在心底的东西全都暴露出来。泪水一滴滴落到地上，形成一处处星形水迹。记得很久前，康正也曾失手在园子背上烙下了同样的印记。多年前发生的这一幕再次从康正的记忆深处复苏。

"是你杀了园子？"康正问道。

"跟我杀的没什么区别。"佳世子回答。

"这话什么意思？"

"那天夜里……我来过这里，目的就是杀园子。"

"你为什么要杀她？"

"杀她的动机就像和泉先生你说过的那样。只要她还活着，我和润一就不可能幸福。"

"在你眼里，园子就是个泼妇？"

佳世子轻轻抬起头，似乎想要说什么，但最后还是什么也没说，再次默默低下头。

"算了，继续说吧。你星期五几点来的？"

"大概十点半，我也记不大清了。"

"你当时跟园子说来这里要干什么？"

"我跟她说有些事想和她谈谈。园子说她和我没什么好谈的，我就说我想来道歉。"

"道歉？"

"我说想为润一的事向她道歉。"

"就凭这些话，园子恐怕不会让你进门。"

"刚开始的时候，园子很生气，说不需要我来道歉。可我告诉她我打算放弃润一。"

"啊？"康正盯着佳世子看了片刻，"你这话应该不是真心的吧？"

"我只想骗她让我进屋。但园子当时听信了我的话,让我进来了。"

"这样啊。当时园子穿什么衣服?"

听到康正提问,佳世子先是一愣,随后答道:"她穿着睡衣,估计是刚泡澡出来。"

"嗯,你接着说。"

"当时我带了葡萄酒来,跟她提议边喝边聊,希望她能听我把话说完……"

"你根本就不会喝酒。"康正回想起从加贺那里打听到的信息。

"我确实不大会喝酒,但我当时跟她说,今晚我愿意陪她喝上一口。听了我的话,园子冷嘲热讽,说难得见我喝酒,问我是不是在和润一交往后学会的。她心里有气,说出这种话来也不能怪她……"佳世子的声音越来越小,之后就再也听不清了。

"园子对你一点戒心都没有吗?"

"我也不大清楚,或许有,但她应该没有想到……"佳世子舔了舔嘴唇,继续说道,"我竟然会下手杀她。"

康正点了点头。"后来呢?"

"后来园子拿来两个酒杯,我倒上酒,和她一起喝起来。话虽如此,其实我也就是稍微抿了两口而已。"

"你们谈话时情绪都很平静?不大可能吧?"

"刚开始的时候,园子对我的话持怀疑态度,觉得我并不是真心想和润一分手。这也难怪,之前我横刀夺爱,抢走了挚友的男友,可突然间又改口说打算放弃他,这样的做法确实让人难以相信。但聊了一阵,她渐渐相信了我的话。后来,趁她去上厕所,我往她的酒里掺了安眠药。"

"你什么时候弄到那些安眠药的?"

"很久以前,我和园子曾经一起去国外旅行,看我倒不过时差,无法入睡,园子就分给我一些安眠药。那袋安眠药就是那次旅行剩下的。"

"就一袋?"康正皱着眉头问道。

"就一袋。"佳世子肯定地回答。

"也罢。那后来呢?"

"园子从厕所回来后,毫不怀疑地喝了那杯酒。过了不到十分钟,她就开始昏昏欲睡,没多久就睡着了。等她睡着后,我就糊里糊涂地做起了各种准备……"说到这里,佳世子低下了头。

"各种准备?什么准备?"康正问道,"这才是最关键的事。你当时都做了什么?"

"当时我的脑子里真是一片混乱,记不清楚太多细节了。"

"那就说说你还记得的情况。"

"当时我先剪了一段电线,把线贴到园子的胸前和背后。"

"怎么贴的?"

"应该是用胶布之类的。当时我也慌了神,看到什么就随手拿来用了,记得不是很清楚。"

"……我知道了。然后呢?"

"为了把现场布置成自杀,我把安眠药药袋放到桌上,又把一个杯子放进水池,准备过后清洗一下。随后,我准备给贴在园子身上的电线通电。我听园子说过,如果要自杀,她会选择触电身亡这种办法,所以我想,如果我用这种方法来杀她,别人就不会怀疑到我头上了。"

"那你给电线通电了吗？"

"没有。"佳世子缓缓摇了摇头，"我下不了手。我实在下不了手。"

"什么意思？"

佳世子抬起头。她的眼睛开始充血，眼圈周围也红肿不堪，下眼睑和脸颊上挂着晶莹的泪珠。"当时，我回想起她刚说过的话。她打算再给我一次机会，再相信我一次。那时的她甚至还露出了笑容。而我却曾那么对不起她……想到这些，我实在狠不下心杀她。"

"你是说你当时并没有下手？"

"对。"佳世子的声音虽带着一丝颤抖，却毫不含糊，"当时我一把扯下贴在园子身上的电线扔进了纸篓。之后，我给她留了封信……"

"你给她留了封信？"

"我撕下一张小猫日历，在日历背后写了一句'对不起'，然后就离开了。"

"你在日历纸背面给她留了言……是吗？"这一点和康正的推理完全一致。但他没想到日历纸上留下的竟然是这样一句话。他接着问道："然后你就离开公寓并锁上了门？"

"对。当时用来锁门的就是我提到过的那把我周三时偷走的钥匙。和泉先生，你说得没错，园子交给润一保管的钥匙依旧在他手上。"

"后来你是如何处理那把偷来的钥匙的？"

"出门后，我就把它塞进房门上的信箱了。"

这一点也和实际情况完全一致。

"之后你就回家了？"

"是的。"说完，佳世子长舒了一口气，就像刚刚完成了一件重大工作。

"如果你说的全都是真话，"康正说，"那么园子就不会死。可实际上她死了。这又是怎么回事？"

"我说过了。"佳世子闭上眼睛，"在我离开后，她自杀了。"

"你说什么？"

"只有这种可能了。她不是死在床上的吗？在我离开公寓时，园子是靠在床上，坐着睡着的。但在得知她的死讯后，我才发现自己犯了一个天大的错误。那条电线……我把可供她自杀的物品留在了她身边。在对世间的一切感到绝望后，园子看到了那条电线。她一时冲动，就用那条电线自杀了。我……我真是太大意了！"佳世子激动地说着，原本就带着哭腔的声音渐渐变得高亢尖锐，哭声也由啜泣变成了号啕大哭。

"园子等于是我杀的。对不起。要恨的话，你就恨我吧。对不起！"说完，佳世子伏桌大哭起来。

康正默默走到水池前。他拧开水龙头，在杯里装满水。佳世子依旧哭个不停，瘦弱的肩膀不住晃动。

康正抽出那把被用来削去电线皮的菜刀，攥在右手里，绕到佳世子身后。然后，他把装满水的杯子放到桌上。

康正扶住佳世子的左肩。他的手刚一放到佳世子肩上，佳世子便微微一震，哭声也随即停止。

"慢慢把头抬起来。"康正说道。

佳世子刚抬起头，康正便将菜刀轻轻架到她的脖颈上。佳世子不由得屏住呼吸。

"别动！你要是敢动，我就割断你的颈动脉！"

"你想杀了我？"佳世子用嘶哑而颤抖的声音说道。

"我也还没拿定主意，但毕竟是你把园子逼上绝路的。你刚才不是说了吗？如果我要恨，就恨你好了。"

佳世子全身僵硬，但脖颈依旧在刀锋下不停颤动。她呼吸急促，心跳也开始加快。

康正把左手伸进口袋，掏出一个装安眠药的袋子，递到佳世子眼前。"把这药吃了。至于是什么药，你心里应该很清楚。"

"你让我睡着，想干什么？"

"别担心，我还没下作到对睡着的女人动手动脚的地步。还是说，你宁可脸上开花，也不愿在我面前睡着？"说着，康正把刀锋稍稍抬起，贴到佳世子脸上。

佳世子犹豫片刻，最终下定决心，撕开袋口，把袋中的粉末全都倒进嘴里，喝下杯里的水。随后，她把空药袋扔进带玫瑰花纹的漂亮垃圾桶。

康正拿下挂在冰箱门把手上的毛巾。"好，用它把你自己的两只脚绑起来。动作慢点。要是太快，别怪我管不住握刀的手。"

佳世子听从康正的吩咐，弯下腰，把双脚绑到一起。确认佳世子已经绑牢后，康正把电话放到她面前。

"你给佃打个电话。"

"这事跟他无关。责任全都在我。"

"责任在谁不重要，总之你给我打。如果你实在不愿打，那我来打也行。"

盯着电话机看了一会儿，佳世子拿起话筒，快速摁下那串熟悉的号码。

"喂，润一吗？是我……我现在和园子的哥哥在一起。"

康正一把夺过话筒。"我是和泉。"

"和泉先生……你在干什么？"佃润一的声音有些慌乱。

"我正在追查杀园子的凶手。"

"你有完没完？"

"你给我立刻过来。"

"等等，你让佳世子跟我说话。"

康正把话筒递到佳世子嘴边。"他要听你说话。"

"润一，我……我把之前打算杀园子的事告诉他了。虽然我最终没能下手，但把园子逼上绝路的人毕竟是我。你就别担心了……"

佳世子刚说到这里，康正就抽回话筒。"听到没有？"他问佃润一。

"听到了。"

"你想过来了吧？"

"你们在哪儿？"

"杀人现场。我劝你最好快点过来，你的女友被我灌了安眠药，不久就会睡着的。一会儿见。"

"不许你碰她！"

康正并没理会对方的话，挂断了电话。

6

二十五分钟后，门铃响起。佃润一应该是坐出租车飞奔过来的。保险起见，康正还是问了句"是谁"。

"我是佃。"

"进来。门没锁。"

房门打开，身穿夹克的佃润一走进屋里，手上还拿着一件米色外套。他胡子拉碴，头发蓬乱不堪。

"关门，上锁。"

佃润一乖乖按照康正说的做了。他向康正投去挑衅的目光，但片刻后又一脸惊异。

"你想怎么样？"佃润一望着靠在床上睡着的佳世子，向康正问道。佳世子的手脚全都用胶条捆住了。

"我这么做的目的就是让你说实话。"康正回答。

他握着一个连接着电线的线控开关。电线的一头插在插座上，另一头则延伸进弓场佳世子的上衣。

"你疯了？"

"我很正常。但如果我真在发疯，那么让我发疯的人就是你们两个。"

"你想怎么样？"

"这个嘛……你先坐下，最好脱掉上衣。"康正指了指饭桌旁的椅子。

润一把上衣和外套放到地上，在椅子上坐下。"然后呢？"

"看到桌上那卷胶带没有？用它把你的两脚缠在一起，记得多缠几圈，两脚并拢。"

确认润一缠好双脚后，康正绕到他身后，把他的双臂拧到椅背后边，用胶带把他的手腕缠到一起。

"好了，这下谈话就方便了。"

"我跟你没什么好谈的。"

"我问你,你为什么不跟警察说我找你麻烦?到这里来为什么不带警察?"

润一默不作声。

"算了,我也懒得跟你废话。你还是先听听这个吧。"

康正摁下录音机的开关。录音机播放的正是刚才弓场佳世子说的话。润一的表情渐渐扭曲起来。

关掉录音机后,康正问道:"你有何感想?"

"简直就是胡扯。"润一说,"她根本就没做过那种事。"

"那就是说,她是在撒谎?"

"对。"

"她为什么要撒谎?"

润一并没有回答,把头扭向一旁。

"我也觉得她在撒谎。"康正说,"她的谎编得还算不错,但其中还是存在一些矛盾。"

说着,康正从包里拿出另一根装有插头的电线,上面同样也装了线控开关。他拿着电线走到润一身旁。

"放心,我这人没有特殊嗜好。"

康正解开润一的衬衫纽扣,撕下两段胶带,把电线的一根铜芯贴到润一胸前,又把另一根铜芯贴到他背后。"你看,她身上的电线也是这样用胶带牢牢粘住的。"说着,康正指了指卧室里的佳世子,"自从我听说园子胸前和背上的电线是用创可贴固定的,我就知道这事不是弓场干的。要把电线固定在园子身上,用胶带就可以。胶带就放在书架上很显眼的地方。可凶手在固定园子身上的电线时却用了创可贴。创可贴放在书架顶上的急救箱里。当然，创可贴也好，胶带也好，都能把电线固定住。但弓场不会选择创可贴。至于其中的原因，你应该也很清楚。就算是我，也要伸直双臂，才能把书架顶上的急救箱拿下来。园子很高，要拿急救箱并不困难，但弓场很难够到。据弓场说，当时她脑子里一片混乱，根本不记得自己是用什么东西把电线固定到园子身上的。而她要拿急救箱，就得费上一番功夫。我这番推理怎么样？"

"挺不错的。"润一的脸就像面具一样，看不出任何表情，"这推理确实精彩。既然你已经明白，那就放了她吧。她不是凶手。"

"说实话，我也很想这么做。但关键还得看你肯不肯说实话。"

康正握着连在润一身上的电线，回到原地。确认线控开关处在关闭状态下后，他把插头插进插座。插上插头的瞬间，润一闭上了眼睛。

"毫无疑问，弓场佳世子是在撒谎，但她的话并非从头到尾都是假的。比如钥匙在信箱里这一点。钥匙确实放在信箱里，可这件事只有凶手知道，连警察也不知道。因为我早就把钥匙拿走了。弓场并非凶手，那么她又是怎么知道这事的呢？原因只有一个。弓场是听凶手说的。如此重要的事，凶手都告诉了她，这说明她和凶手之间的关系非同一般。"

润一依旧没有任何表情，但脸颊的抽动却明白地告诉康正，他已经快到极限了。

"你让我和她说句话。"过了好一阵，润一终于开口说道。

"这可不行。你知道我为什么要让她睡着吗？为的就是不让你们翻盘。听过你的话，弓场佳世子说不定就会矢口否认之前她供述的一切。"

润一的喉头一动,咽了口唾沫。

"罢了。既然你不愿说,那我也不勉强。我现在的身份不是警察,也没有向你们探寻真相。我只是作为园子的哥哥在查明凶手。所以,我既不需要你们自首,也不需要证据和证词。我只需要确信。眼下,我已经大致确信了自己的判断。"康正把手指挪到连接着润一的开关上,"我不清楚触电身亡是否痛苦。一想到园子死于触电,我就希望那并不痛苦,但我还是想让你尝点痛苦的滋味。"

"等等!"

"时间已经到了。"

"你根本什么都不知道!"

"我知道。园子就是你杀的。"

"不对。"

"怎么不对?"

润一本想说点什么,但又不知从何说起。看到他欲言又止,康正再次把手指搭到开关上。

"好吧。"润一看起来已经死心,"我把真相全都告诉你。"

"我可不想听你编故事。"

"我知道。"润一的胸口不住起伏,康正甚至能听到他呼吸的声音,"那天夜里,我确实来过这里。佳世子说的一切全都是我干的。"

"这我早就知道了。我不想听你忏悔。"

"我不是在忏悔。你根本什么都不知道。刚才我不是说了吗?佳世子说的一切全都是我干的。也就是说,不管做那些事的人是谁,我们最终都没有下手杀园子。"

"少胡说。园子已经死了。"

"佳世子不是跟你说了吗?园子是自杀的。"

"胡扯!园子可不是那种动不动就寻死的人。"

"和她分开了那么多年,你了解她吗?"

"……你想说的就是这些?"康正猛地扯动开关。

"你看看那封信!"润一连忙喊道。

"信?"

润一松了口气,用下巴指了指自己的上衣。"我的上衣内兜里有折起来的便笺。那是园子写的。你先看看吧。"

康正把开关放到地上,拿起润一的上衣,从内兜里掏出便笺。便笺皱巴巴的,似乎曾被卷起来过。

"我是偶然间在垃圾桶里发现的。看过这封信后,我才发现自己险些犯下大错。请你相信我。"润一恳求道。

康正摊开便笺。便笺总共两张,上边的字迹毫无疑问是园子的。内容如下:

前略。这封信是我写给你们两个人的,所以请你也让佳世子看看。这样做是为了你们好。

老实说,我的脑子直到现在还一片混乱。我很伤心,同时也恨你们俩。我心中的创伤至今未能痊愈。

最近几天,我一直在想,自己到底该怎么做才能赢回你的心。我也曾想过,如果一切真的无法挽回,我也要想办法让你们俩无法走到一起。为此,我可以做到不惜一切,而且我也想到了许多恶毒无比的办法。实际上,我已经做好了准备。

但是，今天我忽然觉得一切都无所谓了。

就算我把灵魂出卖给恶魔，使得你们两人无法幸福地走到一起，到头来，我也依旧一无所得，只剩下一具抛弃了人性自尊的空壳。

别误会。我并没有半点原谅你们的意思。我这辈子都会记得你们曾经背叛过我。

我决定再不干涉你们的事。为了破坏你们的关系，我浪费了那么多宝贵的时间，回头想想，真不值得。

所以，你们也别再为我

写到这里，大概是写错了字的缘故，先是一团用黑墨水划掉的印迹，后面就是一片空白了。

"怎么样？"估摸着康正大概已经看完，润一说，"看过这封信后，你还觉得我有非得置她于死地不可的理由吗？"

康正不知道该怎样反驳。他拿着便笺的手不住地颤动。润一说得没错，但康正还是难以相信园子自己选择了死。

他把两张便笺叠在一起，撕成两半。四张纸片在空中飞舞，很快便落到地上。

"这不可能！"

"但事实就是如此。"

康正瞪着润一。

这时，饭桌上的电话响了起来。

7

康正盯着电话，听它接连响了两三声后，才拿起话筒。"喂？"

"是和泉先生吧？"

"是你。"康正叹了口气。电话是加贺打来的。

"佃润一和弓场佳世子在您那里吗？"

"你在说什么啊？"

"撒谎也没用。我这就去找您。"

"等等。你别来！"

"我马上就到。我有话和您说。"

"我跟你没什么可说的——"

康正还没说完，电话就挂断了。他粗暴地把话筒砸向话机，两手分别攥住两个线控开关，瞪着房门。

几分钟后，脚步声渐渐接近。康正一听就知道是加贺。他打电话时肯定已经来到附近了。

果不其然，脚步声在园子门前停止。紧随其后的是一阵敲门声和拧动门把手的声音。房门上了锁，门没有开。

"请您开门。"门外传来加贺的声音。

"你回去吧。"康正冲房门说道，"这是我的私人问题。"

"请您开门。您要再不开门，我就叫同事来了。您也不希望我这样做吧？"

"随你便。你如果叫人，我就抓紧时间，趁你叫的人还没到，我先把要做的事做完。"康正重新握住开关。他的掌心已经渗出汗水。

"您做不到的。因为您还没有找到想要的答案。"

"你就别乱猜了。你懂什么？"

"我当然懂。和泉先生，请您让我进屋。我会帮您的。"

"别胡说。你手上根本什么证据都没有。"

"那我问您一句，您了解令妹吗？您根本就不了解她，也不知道她临死前在想什么。关于这一点，我手上有一张很重要的王牌。拜托了，请您开门。"

听到加贺语气真诚，康正不由得犹豫起来。加贺说得没错，康正并不了解园子。看过那封信后，他的确心生疑惑。

"你要是有什么想说的，就站在门口说吧。"

"请让我进屋。"加贺也毫不让步。

康正放下开关，来到房门边。他凑到门镜前一看，只见加贺两手插在黑色外套的口袋里，一脸坚毅地望着康正这边。那种犀利的感觉就像正手握竹刀，瞪视眼前的敌人。

"往后退五米。"康正说道，"我打开门锁，你给我慢慢开门，不许冲进来。听到没有？"

"听到了。"

加贺立即开始后退，大衣下摆随风飘起。脚步声停下后，康正打开门锁，随即一个箭步冲回之前站的地方，重新握住开关。

加贺按照康正所说，缓缓走到门前，拧动门把手打开门。冰冷的空气从门缝灌进屋里。

片刻后，加贺便弄清了眼前的情况。他睁大眼睛，连连点头。

"把门锁上。"康正手握开关，向加贺下令。

加贺并没有立刻服从。他朝卧室里望了一眼,问道:"弓场佳世子呢?"

"别担心,她睡着了。快点锁门。"

加贺锁上房门,说道:"您是把安眠药掺到什么东西里,让弓场喝下的吧?"

"下令的人是我,但药是她自己喝下的。我可没什么要骗你的。"

"和泉先生,您这样做不好。"

"用不着你管。刚才你说你掌握着一张王牌,还是快点打出来看看吧。"

"在那之前,还请您先告诉我这到底是怎么回事。他们什么也没说吧?"说着,加贺指了指润一和佳世子。

"我已经把一切都告诉他了。"润一说,"就看他愿不愿意相信了。"

"你跟他说什么了?"

"我跟他说,我曾经动过杀园子的念头。"

"什么?"加贺皱起眉头,瞟了康正一眼,又问佃润一,"也就是说,你没有下手杀她?"

"对,我中途打消了念头,但这件事却成了她最终自杀的导火线。"

"一派胡言!园子不可能自杀!"

"那是什么?"加贺指了指地上的录音机。

"里边录下了佳世子的话。"润一告诉加贺,"她也说了同样的话……但她是在包庇我。"

"打扰了。"加贺准备脱鞋。

"别过来!"康正大声喊道,把录音机一脚踢到加贺面前。

加贺重新穿好鞋，摁下录音机开关，播放弓场佳世子的声音。紧接着，他又留意到散落在地上的几张便笺。他把四张纸片捡到一起，一边听佳世子那番话，一边看园子写的信。

"这封信是怎么回事？"

"是我发现的。当时，我就是在读了这封信后才打消了杀园子的念头。"

"哦。你是在哪儿发现的？"

"卧室的垃圾桶旁边。"

"你应该是在杀园子后才发现了这封信吧？"康正问道。

"不是的。"

"等等。"加贺伸出右手，制止两人的对话。他再次摁下录音机开关，重新听了一遍佳世子的话。随后，他问润一："你说弓场佳世子在包庇你，是因为你把自己做的事全都告诉了她？"

"对……"

"你为什么要告诉她？一般来说，如果你告诉她园子小姐是因为你而自杀的，那么你和她之间的关系不就会变得很尴尬了吗？"

"我觉得自己实在太卑鄙，无法向她隐瞒。"

"难道你就没有想过，如果你告诉了她，她会因此感到痛苦吗？"

"园子自杀后，她已经感觉受到了伤害，而且也隐隐觉察到了什么，所以我就干脆把真相全都告诉了她。"

"然后你就跟她说，千万不能把真相告诉别人？"

"也不是……"润一张口结舌。

"罢了。我接着问下一个问题。佳世子说过，离开这里前，她在日历背面给园子留了言。这是怎么回事？"

"就像她所说的，但写下那通留言的是我。"润一回答道，"当时我想向园子道歉，就从小猫日历上撕下一页，在背面留了言，内容是让她早点忘掉我这个卑鄙的人。"

"你是用什么写的？钢笔？圆珠笔？"

"我一时着急，没能找到写字的笔，只好翻了一下园子的包，从包里拿了那支记事本附带的铅笔写的。"

"完全正确。我也记得桌上放着一支记事本用的铅笔。但旁边没有任何留言，这是为什么？"

"这不可能。请你好好调查一下。或许是园子在自杀前把那张纸扔掉了。"

"我们已经调查过垃圾桶，没有发现那样的纸。当然，"说到这里，加贺扭头望着康正，"也不排除有人在我们来之前进过公寓，悄悄把那东西处理掉了的可能。"

康正放开左手的开关，从一旁的包中掏出一个塑料袋扔给加贺。随后，他再次握住开关。"这是之前装在饭桌上的小盘子里的。"

"被烧掉了？"加贺看了看袋里的东西，说道，"看起来应该是两张彩色照片，还有一张黑白印刷的日历。"

"估计是园子烧的。"润一说道，"那两张照片大概是我送她的两幅画的照片。"

"也就是说，自杀前，园子小姐把这些充满回忆的东西都烧了？"加贺说。

"应该是。"

"也有一定道理。"加贺轻轻摇了摇手里的便笺。

"开什么玩笑！这种话鬼才相信！"康正吼道，"你能肯定这些烧剩的纸屑就一定不是这家伙搞的伪装吗？"

"但这样的伪装毫无意义。"加贺淡淡地说，"光凭这样的伪装，就能支撑园子自杀一说吗？如果无法查明到底烧了什么，警方也无法做出任何判断。"

加贺说得没错，康正根本无法反驳。事实上，关于这些烧剩的纸屑，康正也没能做出任何推理。

"我还有一个问题。"加贺冲着润一说道，"你说你在园子小姐的酒里下了安眠药，那你到底放了多少？"

"这个……"

"一袋还是两袋？或者更多？"

"啊……当然只放了一袋。佳世子不也说过吗？"

"一袋啊。"加贺和康正对望了一眼。加贺似乎想说什么，但旋即扭头朝向润一说道："可当时桌上放着两个空药袋。"

"如果真是这样，那就表明园子是自杀的。"

"什么意思？"

"也就是说，园子醒来后，为了自杀，她必须再次服用安眠药。看到我放在桌上的空药袋，她就按照平日的剂量再次服用了安眠药，桌上自然也就留下两个袋子。"

"有道理。"加贺轻轻耸了耸肩。

"还有，"润一说，"我记得在发现尸体时，屋里有两个酒杯吧？"

"似乎是的。但我没有亲眼看到。"

"如果凶手想把现场布置成自杀，应该不会犯下这种低级错误。凶手必定会把自己用过的酒杯清洗干净，放回原处。"

"嗯，这话也有道理。"说着，加贺瞥了康正一眼。

康正不住地摇头。

到头来，园子还是自杀的？这不可能，一定是自己疏忽了什么。

就在康正的自信开始动摇时，加贺静静地说："但即便如此，园子小姐仍死于他杀。"

第六章

1

"为什么?"

沉默充斥了整个屋内。过了一会儿,佃润一第一个开了口。

"你有证据证明我在撒谎吗?"

"我有证据证明园子小姐并非自杀。"

"什么证据?"康正问加贺。

"在我说出证据之前,能麻烦您把那玩意儿解除吗?"加贺指了指康正手里的开关,"您是绝不会妨碍他人探寻真相的,所以还是把那危险的玩意儿解除吧。"

"你以为我会相信你的话?"

"请您相信我。"

"很遗憾,这不可能。我这话并不只针对你。凡是警察都不能信任。对于这一点,我是有亲身体会的。解除开关后,只要你一扑过来,我就再没有任何胜算了。"

加贺叹了口气。"如今我对自己的身手已没有那份自信了。但既然您不愿相信,那我也就没办法了。和泉先生,请您答应我,千万不要因为一时冲动摁下开关。如果您摁下开关,就再也无法查明令妹之死的真相了。"

"这我知道。我也觉得,如果没能查明真相,即便报了仇也没多大意义。"

"好吧。"加贺把手伸进上衣里,掏出警察手册,"和泉先生,在您发现令妹的尸体时,房间里的灯亮着吗?"

"灯啊……"康正试着回忆当时的状况。他曾在脑海里无数次地回忆过,那情形鲜明得像电影一样。"灯没亮。错不了。但当时是白天,屋里不算暗。"

"对,之前您也曾如此做证。也就是说,如果园子小姐是自杀的,她就应该是在关灯后才上床就寝的。当然了,之前还得设好计时器,让自己定时触电身亡。"

"这有什么奇怪的?"润一一脸疑惑地问道,"睡觉前关灯不是很正常吗?即便这一睡是为了长眠不醒。"

加贺闻言,不由得苦笑了一下。"这话还真有点文学色彩。这一睡是为了长眠不醒啊……"

"麻烦你别打岔。"

"我不是打岔,问题的关键就在这里。"加贺恢复了严肃的表情,看了一眼手册,说道,"实际上,当时有目击者。"

"目击者?"康正睁大了眼睛。

"但目击者也没亲眼看到凶手行凶。住在这间公寓正上方的是一个酒吧女招待。那天夜里下班回家时,她看到这间公寓的灯亮着。当时她只是觉得奇怪,心想都这么晚了,为什么还亮着灯。后来在报上看到这间房的住户自杀的消息,她大吃一惊。"

"那个女招待是几点回来的?"康正问道。

"她也记不大清了,但肯定是在凌晨一点以后。"

"凌晨一点多……"

"我不明白。这与园子死于他杀的结论到底有什么关联?这件事只能说明当时园子还活着啊!"润一歇斯底里地嚷道。毫无疑问,五花大绑的姿势已经使他变得焦躁起来。

"可事实并非如此。"加贺说道。

"为什么?"

"因为计时器上设定的时间是一点。如果园子小姐是自杀而死的,那凌晨一点时,一切就已经结束了。也就是说,灯应该是关着的。"加贺洪亮的声音在屋里回荡。

"这个……"话只说了一半,润一便沉默了。他实在想不出该怎样反驳加贺。

康正紧咬嘴唇,抬头望着加贺,点了点头。"这证词的确很关键。"

"嗯,是很关键,但如果和泉先生不愿改变有关门链的证词,那么这一证词也就无法采纳了。"

听到加贺的讽刺,康正依旧不为所动。

"凌晨一点多,这里的灯还亮着。也就是说,当时凶手还在这间屋子里吗……"

"这至少证明了我不是凶手。和泉先生已经查明,当时我在自己的公寓里。"

润一的话让康正有些进退两难。要推翻润一在凌晨一点前的不在场证明并不困难,但只要和他同住一栋公寓的佐藤幸广没有撒谎,那么他在一点到两点这段时间里的不在场证明就完美无缺。

如此一来——康正扭头看了看依旧沉睡不醒的弓场佳世子。

"不，就算当时灯还亮着，凶手也未必就在这间屋里。"这时，加贺忽然反驳道，"或许当时园子小姐还活着，而凶手是在之后才行凶的。"

"当晚两点前，我一直待在自己的住处。"

"如果坐出租车过来，两点半就能到这里。其他人姑且不论，听到门外站的是你，不管时间多晚，园子小姐也会毫不犹豫地开门让你进屋。"

"那天晚上，我是十一点左右来的。"

"你能证明吗？"

"你让我拿什么证明？之前我还证明了自己那天没来过呢。"

"这可真够讽刺的。"

"可是，"康正开口说道，"这家伙应该是十一点左右来的。"

"事到如今，您又转而为他辩护了吗？您为什么会这么想？"加贺问道。

"楼上的女招待说，当天夜里一点多时，这里的灯还亮着。这一点让我觉得有些奇怪。当时应该已经发生了什么。而且，行李的事也让人觉得不大对劲。"

"行李？"

"如果没有被杀，园子第二天就会回名古屋，为此自然得收拾准备一下。可屋里并没有收拾过行李的迹象。种种情况都说明，在她动手收拾行李前，有人来过这里。"

"我已经说了，是我来找过她。"润一拼命扭动身子说道。

"如果你所说属实，那为什么一点多时，这里的灯还亮着？"加贺问道。

"我说过了，屋里的情况和我离开时一样……"

"你是说当时园子小姐还活着？那计时器的事你又打算怎么解释？"

双方各执一词，争执了一番之后，润一再次沉默不语。但没过多久，他又开口道："那女招待的证词有问题。说什么一点多还看到这里亮着灯，肯定是她的错觉。"

加贺举起双手，似乎在表示认输，但脸上却丝毫没有开玩笑的意思。

康正开始回想之前的一切。如果润一没有撒谎，那么他应该是在打消杀园子的念头后，于十二点多离开这里的。如若不然，他就无法在一点前赶回自己的住处。当时，园子住处的房门紧锁，园子也还在屋里沉睡。这状态持续了一段时间，直到一点多女招待回家，屋里的灯一直亮着，这样的可能性也并非完全没有。

可之后园子却死了。屋里的灯也灭了，计时器上设定的时间也是一点。

康正抬头看了看加贺。"只有一种可能。"

"对。"加贺似乎也和康正想到了一起，当即表示赞同，"但您能证明这一点吗？"

"我不需要任何证明，因为我并不打算把他们告上法庭。只不过……"康正再次看了一眼沉睡中的弓场佳世子。

"看来您还得把这个睡美人叫醒。"加贺的话语中带着一丝揶揄。他这么说，大概也是在想该怎样把佳世子叫醒。佳世子睡得很熟，只是叫她两声，估计无法叫醒。

"你出去。"康正对加贺说道,"之后的事由我来解决。"

"光凭您一个人,是无法查明真相的。"

"我能查明。"

"有些关键问题您还不大清楚。别以为我能提供的情报只有刚才那段女招待的证词。"

"如果你还掌握了其他情报,麻烦你快说。"

"这可不行。这些情报可都是我手上的王牌。"

"手握王牌的人是我。"康正举起开关。

"开关一旦开启,您就再也打听不到任何消息了。您应该也不想稀里糊涂地报仇。"加贺朝康正投去敏锐的目光。康正毫不畏惧地接受了对方的凝视,却不由得起了一身鸡皮疙瘩。

"出去!"康正说道。见加贺摇头,康正接着又说:"我让你出去,只是为了叫醒那女人。等她醒来后,我就让你进来。怎么样?"

"您保证?"

"我保证。但你也得保证,出门后不能切断屋里的供电。否则我就不会让你进屋,而且会改用其他办法报仇。你要想好,这屋里还有菜刀。"

"我知道了。"

加贺转身开锁。冷空气猛地灌进屋里。他扭头看了康正一眼,随即走到门外,关上房门。

为了避免加贺忽然冲进来,康正保持着随时能够扑向开关的姿势,小心翼翼地接近房门。但加贺并未出尔反尔。康正锁上房门。

随后,他打开包,拿出那瓶氨水,走进卧室。弓场佳世子依旧熟睡不醒,发出有规律的呼吸声,脖子不自然地扭曲着。

康正打开瓶盖，把瓶口凑到佳世子鼻子前。佳世子反应很快，立刻皱起眉头，把头扭向一旁。康正再次把瓶口凑到她的鼻子下边。这次她皱着眉头，眼睛睁开了一条缝。

"醒醒！"康正粗暴地拍了拍她的脸。

弓场佳世子似乎还没完全清醒。康正再次把氨水瓶凑到她的鼻子旁。她猛地向后一仰。

康正走进厨房接了杯水，又回到佳世子身旁，撬开她的嘴，把水灌了进去。刚开始时，佳世子还喝了两口，但立刻被呛到了，咳嗽了两声，彻底清醒过来。她眨了眨眼，看了看周围。"后来……怎么样了？"

"我正在寻找真相。现在轮到你说实话了。"

康正走到玄关处，从门镜里窥伺门外的情形。加贺正背对房门站着。听到门锁的声音，加贺转过身来。

"你可以进来了。"说完，康正回到放开关的地方。

加贺打开房门走进屋里，看了一眼卧室里的弓场佳世子。

"感觉如何？"

"这到底……是怎么回事？"佳世子似乎还没弄清状况，看到佃润一和加贺，她的目光中流露出畏惧和疑惑。

"你我两人中的一个杀了园子。和泉先生是这样认为的。"润一说道。

"我说的是事实。"

"怎么会……我不是说了吗？我本来想杀园子，但后来放弃了。"

"我早就知道你在撒谎。这男的刚才说过，以前你说的那些事都是他干的。"康正朝着润一抬了抬下巴，"这样一来，一切就都能说通了。"

"润一……"

"我全都说了。为了杀园子，我精心安排了不少机关，但最后我看到了她写给我的信，还是没忍心下手杀她。"

"但是，"康正接着说道，"园子并非自杀，否则一点多时她应该已经死了。可有人在一点多时看到这里还亮着灯。"

佳世子似乎没能一下子理解康正和润一的话。沉默了几秒，她猛地睁大了眼睛。之前那种稀里糊涂的表情从她的脸上消失得一干二净。

"如果佃所说属实，那就只存在一种可能。在佃离开这里后，有人进来过。当时园子已经服下安眠药睡着了，还有谁能进屋呢？佃说过，他离开时锁上了房门。"康正盯着佳世子说，"能够进屋的就是拿着另一把备用钥匙的人。再说得明白点，那个人就是你。"

"我进屋来干什么……"

"当然是来杀园子的。很巧，你和佃在同一天夜里下定了杀园子的决心。"

"不是的。"佳世子不住地摇头。

康正没有理会佳世子，接着说道："但进屋后，你立刻发现有人来过这里。看到垃圾桶里的电线，还有那张写有留言的日历纸，你马上就明白了佃到底想要干什么。这时，你的脑海里出现了一个大胆的想法。你准备用佃的办法杀园子，再把现场布置得像自杀一样。"

弓场佳世子的头摇得像拨浪鼓似的。她的眼圈都哭红了，但脸颊苍白如纸。

"对你来说，事情的关键不光只是警察，你还得瞒过佃。佃好不容易才克制住自己，你却替他完成了后边的工作。如果佃知道了，你们之间就会出现隔阂。因此，你不光做好了伪装工作，同时也做好了瞒住佃的准备。你不把其中的一个酒杯收好，其原因就在于，园子在自杀前是不可能只把其中一个酒杯收好的。此外，你烧掉照片和日历纸，为的是表现出园子心中的愤怒和悲伤。而日历纸和照片没有全被烧掉，稍稍留下了一些碎屑，这也是你故意做的。如果没人能看出烧掉的是什么东西，这么做也就没有任何意义了。你在桌上放两个安眠药的空袋子也是极为细心的举动。若是园子醒来后再次服下安眠药，那么桌上如果只有一个药袋，难免会让人觉得不对劲。但你做这些手脚并非只想让警察看到，你的真正目的在于要让佃以为园子是自杀的。你并不清楚警方会公布什么信息，但为了以防万一，你还是做了这些准备。"

"强词夺理！"润一高声喊道，"你有证据吗？凭什么这么说？你这是在诬陷！"

"那除此之外，你还能找出什么让人信服的解释吗？还是说你准备坦白园子是你杀的？"

"你根本没有能证明佳世子来过这里的证据。"

"除了你，手上有房门钥匙的就只有她了。"

"只要想想办法，任谁都能撬开门锁的。"

"你若这么说，那咱们就来问问加贺警官。房门是否有被人撬过的痕迹？"

听到康正的话，润一抬头看向加贺。加贺默默摇了摇头。

"这种事……"弓场佳世子声嘶力竭地说道，"这种事我连想都没想过。润一好不容易才克制住杀人的冲动，另一个人却把现场布置成自杀的样子,下手杀了园子……"

"恐怕只有警察才会有这种莫名其妙的想法。我们根本想不到!"润一嚷道。

佳世子一脸呆滞地盯着半空中看了一阵,再次摇了摇头。"我没杀园子。"

"你不是曾经痛哭流涕,说你动过杀园子的念头吗?现在又要出尔反尔了?"

"她说那些话全都是为了包庇我。"润一插嘴道,"她刚刚说的话才是事情的真相。"

佳世子耷拉着脑袋,抽抽搭搭地哭了起来。康正面无表情地看着她。他早就知道,女人的眼泪是不能相信的。

"我无法相信你。但如果你能找到更具说服力的答案,那就另当别论。"

佳世子没有答话,只是一味地哭泣。

"刚刚这些事我也想到过。"加贺插嘴道,"如果第二个进屋的人知道有人来过,并故意伪装现场,那么一切也就说得通了。除了和泉先生刚才所说,还有酒瓶的问题。我也提到过,酒瓶为什么是空的?如果这样考虑,事情也就合情合理了。也就是说,真凶虽然知道园子小姐被人下了安眠药,却不知道药被下到了哪里。只是杯子里,还是整瓶酒里都有?为防万一,真凶倒空了瓶里的酒,又把酒瓶彻底洗干净。如果警方从酒瓶里查出安眠药,那么案子也就不可能是自杀了。"

这样的假设确实很具说服力。

"谢谢你的宝贵建议,一切正像你说的那样。"

"但我一开始就说过，眼下还无法证明这一点。我没有任何证据能证明嫌疑人弓场佳世子当天夜里来过这里。"

"屋里有她的头发。"

"我说过了，那是我星期三来的时候掉的。"佳世子哭着说。

"但屋里再没有其他人的头发，只有你、佃和园子三个人的。"

"和泉先生，现场未必一定会留下凶手的毛发。为了避免头发无意间掉落，许多歹徒都会戴帽子犯案。"

听了加贺的话，康正的脸不由得扭曲起来。他其实很清楚这一点。

康正看了看弓场佳世子。佳世子仍低垂着脑袋。康正一直认为佃润一是凶手，如今却觉得眼前这女人是凶手的可能性更大。只要能再找到一些证据，这种想法就会转化为确信。

他回想起在现场找到的东西：烧剩的纸屑，头发，还有什么？

康正觉得自己还有不少事没想明白。他一直觉得它们与案件并无关联，但也不敢保证自己的感觉是正确的。

头发……戴帽子的强盗……

突然间，康正回想起一篇新闻报道。报道里的关键字刺激着他的思考回路。刹那间，一种像拔出卡在白齿间的小鱼刺般的快感传遍全身。

康正闭上眼睛。

几秒后，他再次睁开眼睛。在这短短的时间里，他的直觉已经化作具体的想法。他抬头看向加贺。

"我能证明。"他说。

2

"您有什么线索吗？"加贺问道。

"有。"康正抓起身旁的包，敏捷地扔到加贺面前，"包里有一个用订书针封住的小塑料袋和一根细塑料绳，你拿出来。"

加贺蹲下，在包里翻找，立刻找到了这两样东西。

"是这两样东西吧？有什么问题吗？"加贺将它们分别拿在手里。

"你先看塑料袋，看仔细点。里边是不是有少量土？"

"嗯。"

"这是我在发现园子尸体时，在这间公寓里收集到的。当时感觉有人穿鞋进过屋，地上残留了一些土。"

"穿鞋进屋？"

"另外，那根塑料绳也是在这里捡到的。虽然以前我以为这东西跟园子的死并无关系，但还是把它收了起来。"

"也就是说，这两样东西是有存在意义的？"

"对。"康正扭头看了看弓场佳世子，"真粗暴啊！到了紧要关头，还是女人更有胆量。"

佳世子的嘴唇微微翕动，却什么也没说。她看向润一。

"你别在那里信口开河。"润一说道。

"只要稍稍调查一下，就可以弄明白我有没有信口开河。"康正再次抬头望着加贺，"刚才我说过，那天夜里，弓场本来是来这里杀园子的，但来到这里后，她接着做完了佃没有完成的工作，并且把现场布置成自杀的样子。你似乎也同意我的想法。那么到这里来之前，弓场又打算怎样杀园子呢？"

"这我就不清楚了。"

"想来也是。但我很清楚。弓场本来打算趁园子睡着，用这根塑料绳把她勒死。"

加贺一脸惊异地问道："您如此肯定，是否有什么证据？"

"你马上就会明白。女人独自生活、用绳子勒死、穿鞋进屋，这几件事能让你联想到什么？"

加贺叨念了几遍康正提到的几点。直觉敏锐的刑警这次也发挥了敏锐的洞察力。

"女职员被杀案？"

"没错。"康正点点头，"就是那起在辖区内发生的女职员连续被杀案。该案的搜查本部就设在练马警察局吧？凶手的作案手法是穿鞋闯进屋里，对睡眠中的女人施暴，然后用绳索将对方勒死。有时凶手也会在房间里找有没有值钱的东西。弓场这样做，是为了让警方误以为园子也是被那个凶手杀的。"

"一派胡言！"润一高声嚷道，"就算有人曾经潜入房间，你也没有证据说那人就是佳世子！"

"我不是说过吗？只要稍微调查一下，就会水落石出。"

"调查什么？"

"车子。弓场佳世子有辆 Mini Cooper，当时她大概就是开那辆车来的。来的时候姑且不论，回去时电车应该已经没了。只要调查一下车里的土，就会发现和现在加贺手上的那些泥土完全一样。"

"好，我这就找人调查。"加贺说道。

康正摇了摇头。"没这必要。"说着,他看了看佳世子,"只要看看她这副表情,就知道我的推理完全没错。"

佳世子闭上眼睛,脸上没有半点血色。

康正继续冲她说道:"好了,如果有什么要说的,你就说吧。现在我已经没有任何疑问了,真相就在眼前。你就算立刻死掉也没关系了。"

"别说了!"润一喊道。

过了一会儿,佳世子抬起了头。"不对……你说得还是不对。"

"不管你怎么说,我都不会再有半点疑惑和动摇了。"

"求你了,请你听我把话说完。的确,正如你所说,那天夜里我确实来过这里。这一点没错。听说最近女职员被杀案闹得很凶,我便打算把现场布置成那样,这一点也没错。现在回想起来,我也不明白自己当时是怎么想的。当时的我的确有些不大对劲。"

"这次你又准备说你只是一时兴起了?"

"不,即便只是一时的念头,我也无法原谅自己。正因如此,我才把润一做的事说成是我干的。即便手法不同,心里却同样动了杀人的念头。但我可以保证,我并没下手杀园子。"

"又开始了——"

"和泉先生,就听她把话说完吧。"加贺打断了康正的话,冲弓场佳世子说道:"你是什么时候来的?"

"应该是在十二点差几分的时候……"

"你是怎么进屋的?用备用钥匙开的门吗?"

佳世子摇了摇头。"我先摁了门铃。我以为园子还没睡。"

"为什么?"

"你刚才不是说了吗？当时屋里还亮着灯。"

"如果灯没亮，你就打算潜入屋里？"

"这个……我已经想好了两种应对办法。"

"什么办法？"

"打开门锁后，如果没拴门链，我就悄悄潜入屋里。如果拴着门链，我就把门锁上，摁下门铃。"

"如果园子还没睡，你很难勒死她。仅从身高上说，你就比她矮一头。即便如此，你还是准备勒死她吗？"加贺的问题不无道理。

"和润一一样，我原本也打算找机会让园子睡着。为此，我还带上了以前从她那里得到的安眠药。"

"又是安眠药啊？"加贺轻轻摇了摇头，"你来到这里时，发现灯还亮着，便摁下门铃，却始终不见有人应门。遇到这种情况，你原本是怎么打算的？"

"我完全没想过这种情况。所以心里虽然犹豫，但还是狠下决心打开门锁。房门并没有拴门链，我便进了屋。"

"进屋后，你就发现了佃行凶未果的痕迹。"康正说。

"不，不是的……"佳世子开始吞吞吐吐。她扭头问润一："我可以说出来吗？"

"你说吧。"润一答道。他露出了彻底放弃的表情。

"我来到这里的时候，"佳世子咽了口唾沫，"润一还没走。"

"什么？"康正吃了一惊，扭头看了看润一。

润一把头扭向一旁，咬住嘴唇。

"确实有这种可能。"加贺说道，"如果当时还不到十二点，他确实可能还在这里。邻居听到的一男一女的说话声其实是他们发出的。"

"两个企图杀园子的人在这里不期而遇?"康正感觉面颊有些痉挛,"这可真叫人哭笑不得。那后来呢?你们两人决定杀了园子?"

"没有。当时他已经打消杀园子的念头,正在收拾房间。听到门铃忽然响起,然后房门又被打开,他吓得一下子躲到卧室门后。我像强盗似的穿着鞋进了屋。看到他从门后出来,我也吓得差点背过气。看到我的打扮,他立刻明白了我来这里的目的,就把……把园子写给他的信拿给我看。看过信,我明白了他没有动手的原因,也发现自己险些犯下弥天大错。"

"也就是说,她也改变了主意。"润一说。

"然后呢?"加贺看了看两人,催促道。

"我在小猫日历背面留了言,然后就先离开了。为了制造不在场证明,我约了人,让对方在凌晨一点来我的公寓,所以我必须抓紧时间赶回去。佳世子说她会帮我善后。"

"也就是说,你们两人并非一起离开这里的。"康正看了一眼佳世子,说道,"后来就只剩下你一个人了。"

佳世子立刻明白了康正的言下之意。她猛地睁大眼睛,摇了摇头。"我只是收拾了一下就离开了。我说的是真话,请相信我。"

"那么,那瓶葡萄酒也是你倒掉的了?"加贺问道。

"对。"

"为什么?"

"我以为安眠药是下在酒瓶里的。如果就这么放着,园子醒来后又去喝酒,那可就不妙了……"

"原来如此。"加贺看了康正一眼,耸了耸肩。

"回到自己的住处,稍过了一段时间,我给润一打了电话。听说我什么也没做,他也放心了。"

"我一点半左右的确接到了她的电话。"润一说道。看来佐藤幸广提到的那通电话就是佳世子打来的。

康正问道:"你是什么时候离开这里的?"

"大概在十二点二十分。锁上门后,我把钥匙塞进了信箱。"

"你撒谎。有人曾经在一点多的时候亲眼看到这里的灯还亮着。"

"我没撒谎。我确实是在十二点二十分左右离开这里的。"

"那为什么一点多时灯还亮着?在我发现尸体时,灯已经关了。"

"那是因为……"佳世子欲言又止。她似乎在征求佃润一的意见。

佃润一叹了口气,说道:"灯是第二天关掉的。"

"第二天?"

"对,第二天,我和她一起来了一趟。"

"少胡说!亏你想得出来。"

"稍等一下。"加贺插嘴道,"你再说详细一些。第二天是星期六吧?你们星期六来过这里?来干什么?"

弓场佳世子抬起头来。"我很担心园子,往这里打了好几次电话,却一直没人接。我坐立不安,心里有种不祥的预感,就找润一商量该怎么办。"

"然后你们两人就到这里来查看情况?"

"嗯。"润一说,"我当时也很担心。"

"当时你们有没有摁门铃?"加贺再次问佳世子。

"摁过。"

"这一点跟邻居说得一样。"加贺先冲康正说了一句,又再次催促佳世子继续说,"那后来呢?"

"见没人应门，我和润一就用备用钥匙打开门，进了房间。后来……"佳世子闭上眼睛，随后又缓缓睁开，"我们发现园子已经死了。"

"当时屋里的情况如何？"加贺看着润一问道。

"当时的情况不是一两句话就能说清的……但应该跟和泉先生发现时一样。唯一的不同就是当时屋里的灯还亮着。我们关上灯，除此之外什么也没碰，然后便离开了。"

"当时你们为什么不报警？"

"抱歉。如果报警，警方就会怀疑我们。"

加贺看了一眼康正，目光似乎在询问康正的想法。

"计时器设定的是一点。弓场在十二点二十分左右离开这里，如果园子是自杀，那她就应该是在其后的短短四十分钟里醒来，设好计时器并自杀。"

"但这也并非完全没有可能。"加贺说道。他把两手插进外套口袋，倚在房门上，半张着嘴俯视康正。

对话一时中断。

屋外风很大，阳台外不知什么东西被刮得啪啪作响，不时还夹杂着嘎吱声。这种廉价公寓确实没法住。康正不由得考虑起与案件无关的事。

"您觉得如何？"过了好一阵，加贺开口问康正，"我并没从他们的话里找到任何矛盾之处。"

"怎么能相信他们的话？"康正恶狠狠地说。

"您的心情我能理解，但如果手上没有能够推翻他们这番话的确凿证据，就不能拿他们当凶手对待。"

"我不是说过很多次吗？我并不准备指控他们。我需要的只是确信。"

"那您现在能确信吗？您能一口断定令妹到底是谁杀的吗？"

"当然能。就是这女人。"康正看了一眼佳世子，"总结一下刚才的话，只剩下两种可能。其一，正如他们所说，园子是自杀；其二，最后离开现场的人杀了园子。园子不可能自杀，所以只可能是这个女人杀了园子。尽管她说她看过那封信后改变了主意，但杀意这种东西并非轻易就能消除。"

"您也不能断定令妹绝不会自杀啊。在您发现令妹尸体时，不也曾经认定她是自杀吗？"

"那只是我一时糊涂罢了。"

"您能肯定令妹也不会一时糊涂吗？"

"够了。你不会明白的。园子的心思只有我才明白。"

"那么佃呢？在您的心里，佃已经不再是嫌疑人了？"

"我又没杀人。"佃润一噘嘴说道。

"你闭嘴！"加贺一声断喝，打断了佃润一的话，"我现在在跟和泉先生说话——怎么样？他是无辜的吗？刚才您听了他们两人的话，因为当晚最后离开这里的人是弓场佳世子，就认定她是凶手。您有没有想过，弓场回去后，佃可能再次来到这里？"

"……你说什么？"

康正一时没能理解加贺的意思。过了几秒，他才理清思绪。

"别胡说！"佃润一发疯似的抗议道，"我为什么要再来这里？我好不容易才悬崖勒马。"

"对，他没道理再来。"康正只得同意佃润一的观点。

"是吗?"

"不对吗?"

"的确,如果当时他真的放弃了杀人,确实没道理再来,但是……"加贺竖起右手食指,"如果情况并非如此呢?"

"什么?这话什么意思?"

"如果佃当时根本就没打算放弃杀人,只是因为弓场佳世子忽然出现,迫不得已才暂时离开,情况又会怎样?彼此间共同持有杀人的秘密,很可能会给两人今后的关系带来不幸。因此,佃暂且避开,过了一段时间再回来行凶。难道就不存在这样的可能性吗?"

"你说什么……"康正盯着加贺那张棱角分明的脸庞,思考着这番费解的话语,但始终没想明白,"我不明白你这话到底什么意思。"

"弓场佳世子说过,在她来这里时,佃已经放弃了杀人。但这只是她单方面的想法罢了。也可能是她听信了佃的话,以为他已经打消了杀人的念头。"

"但实际上并非如此……"

"不,我说的是真的!"佃润一拼命辩解。

"我叫你闭嘴!"加贺大喝道。随后,他再次扭头冲康正说道:"把善后的事交给弓场,回到自己的住处后,佃也可能会再次改变主意,认为还是该杀园子小姐,便回到这里。他重新装上弓场佳世子收拾好的电线,一咬牙,杀了园子小姐。但这次他必须让弓场也认为园子小姐是自杀的。和泉先生,刚才您对弓场说的话也可以放到这里来。也就是说,那两个酒杯必须那么放着,那段写给园子的留言也必须烧到让人还能分辨出来的地步。还有,他必须再摆上一个装安眠药的空袋子。只有在完成这些伪装工作后,他才能离开现场。当然,对于佃而言,这一切都是预想之外的行动。他原本打算杀了园子小姐,再制造出凌晨两点后完美的不在场证明。可因为不得不再跑一趟,他之前安排好的一切就全都泡汤了……"一口气说到这里,加贺问康正,"您觉得如何?"

康正叹了口气。"你是什么时候想到这些的?不会就在刚才吧?"

加贺苦笑了一下。"在把嫌疑人锁定到弓场佳世子和佃润一两人身上后,我就建立了与现场状况毫无矛盾的各种假设。我曾说过,您是位能从极少的物证中建立假设的专家。但在杀人案这方面,我也是个专家。"

"的确如此。"

"刚才我的假设中是否存在什么矛盾?"

"应该没有。"康正摇了摇头,"你的假设合情合理。但是……"说到这里,康正抬头看着加贺,"即便在这种情况下,也不能排除凶手是弓场的可能。"

"您说得没错。"加贺点头道,"更进一步说,也同样存在园子小姐自杀而死的可能。"

康正沉吟起来。

凶手究竟是延续佃的罪行的弓场佳世子,还是被佳世子打乱计划,其后再次跑来的佃?

或者园子根本就是自杀?

康正没想到,几个人围绕真相讨论了这么久,最后竟然会得出这样的结论。就像自己对加贺说的,哪怕没能掌握证据,只要能够找到可以确信的答案就行。

但如今，康正对哪个答案都无法确信。

"都给我说实话。"康正的目光在两个嫌疑人脸上扫过，"到底是谁杀了我妹妹？"

"谁都没杀。"润一答道。大概是因为神经紧绷得太久，他的声音已经失去了活力。"从一开始，你就是错的。"

"园子因为我的所作所为受到打击，最后自杀而死。从这层意义上来说，是我们两人杀了她……"

"我不想听这种回答！"康正的一声断喝让两人完全沉默了。

棘手的是两人并未相互包庇。那个并非凶手的人似乎很信任对方，认为园子必定是自杀的。

"和泉先生，"加贺静静地说，"您能把审判的事交给我们吗？眼下已经是极限了。"

"交给你们又能怎样？到头来还不是无法找到答案，最后以自杀结案吗？"

"我发誓，我们绝对不会让事情就这样不了了之！"

"这可未必。你的上司从一开始就打算以自杀来处理。总之，我现在一定要做个了断！"

"和泉先生……"

"别跟我说话！"

3

康正感觉脸上沁出了油汗。他想找块湿毛巾擦一下，却又不能放下开关。加贺早就在等待这一刻的到来了。

康正开始感觉到尿意。幸好，佃润一和弓场佳世子还没提出这样的要求。但这种状态估计也坚持不了多久，康正必须想到应对的办法。

康正心急如焚，他必须找出答案。如果现在找不出来，就再也没机会亲手替妹妹报仇了。

可是，他能找到答案吗？

康正已经在脑海中验证了一切。

到此为止了吗？放弃的念头开始在康正心中萌芽。他抬头看了看加贺。加贺坐在玄关前，宽厚的背对着康正。他依旧穿着外套，就像在等待什么。

他是在等我彻底死心吧？康正心想。这刑警很清楚，我无法找到答案。

那他自己又能否找出答案呢？

康正回忆起加贺的话。

"我发誓，我们绝对不会让事情就这样不了了之！"

康正觉得有些不可思议，加贺为什么能如此断定？他曾经以楼上住的女招待的证词为根据，证明园子并非自杀。但现在，这证词已不能再作为根据。尽管如此，他为何还能如此自信满满地断言呢？

难道他的手里还有其他王牌？

康正懊丧不已。他坚信自己是个建立假设的专家。但如今看来，在处理杀人案这方面，眼前此人确实比自己强得多。

康正试着回想自己以前和加贺的对话。加贺曾说过一些意味深长的话，其中的绝大部分都有实际意义。那么是否还有什么尚未判明意义的话语呢？

康正的目光移到加贺身旁。鞋柜背后插着一个羽毛球拍。

康正想起加贺曾和自己聊过左撇子的话题。当时，加贺也曾故意卖过关子。

"破坏中必有信息。这一点适用于所有案件。"

加贺这句话究竟是什么意思？与这次的案件是否有关？不，应该没什么关系。

但这次的案件中有什么损毁的物件吗？电热毯的电线被剪断了。那还有其他东西被剪断、摔碎或者砸坏吗？对了，加贺曾经撕过他的名片。但那只是为了演示，应该与案件无关吧？

康正觉得似乎有根刺扎进了心里，令他又痛又痒。紧接着，他忽然有了一种拨云见日的感觉。

康正问佃润一："你用菜刀切断电线，削去电线皮时，有没有戴手套？"

突然间听康正问起无关紧要的事，润一先是有些疑惑，随后便点点头。

"后来，你又在菜刀上弄上了园子的指纹？"

"没有，我没来得及。在那之前我就中止行凶了。"

"原来是这么回事。"

菜刀上并没有园子的指纹。至少，凶手并没有把她的指纹弄到菜刀上。

加贺提到惯用手的话题时，康正猜测，加贺或许是根据凶手在菜刀上留下的指纹察觉到凶手与园子不同，大概是个惯用右手的人。但就刚才的谈话看，菜刀上应该没有任何指纹。

那么加贺又为何会对惯用哪只手一事如此执着？虽然仅凭撕开信封的小细节，加贺就看出园子是个左撇子，但这和案件之间又有什么关联？

康正再次回想起加贺撕开名片的那一幕。

几秒后，他发现了答案。

假设佃润一和弓场佳世子的话全都是真的，园子是自杀而死，有几件事就应该是园子自己动手做的。首先，她要把那张写有留言的日历和照片烧掉。然后，她要把电线粘到身上，设好计时器。最后，她要服下安眠药，躺到床上。在这些行为中，如果换成别人，就可能会在无意间留下与园子本人不同的痕迹。这与惯用哪只手有很大关系。

为了寻找某样东西，康正的目光来回游移，很快便找到了。它就在加贺的身旁。但康正想不起来那东西到底是什么时候到了那里。

"麻烦你，"康正说道，"能把那边的垃圾桶拿过来吗？就是那个有玫瑰花纹的。"

康正的声音并不小，但加贺迟迟没有任何反应。康正觉得，加贺这么做，或许是在表示什么，于是继续说道："或者把里面的东西拿过来也行。"

加贺终于有反应了，他依旧背对康正，左手缓缓地抓住垃圾桶边缘，把整个垃圾桶倒了过来。里面并没有倒出任何东西。

"你已经回收了吗？"康正说道。

加贺起身转向康正，神色似乎比刚才更加严厉。"答案未必已经揭晓。"他说。

"想来也是，你也许只能这么说。但答案已经揭晓，因为我亲眼看到了那一瞬间。"

加贺闻言，深吸了一口气。看到加贺的样子，康正点了点头。"刚才我话应该也让你找到了答案。这下就省得再去麻烦鉴定科的人了。"

说完，康正看了看手里的开关。现在，他心中已经没有任何疑惑。案件已经真相大白。

"什么意思？"佳世子尖声喊道。

"你把话说清楚！"润一吼道，他的双眼开始充血。

康正冷冷一笑。"你们什么都不用说了，答案已经揭晓。"

"怎么揭晓了？"

"你们就等着看好了。"康正双手攥着开关，缓缓抬到面前，"好了，最后活着的究竟会是谁呢？"

两个嫌疑人都脸色铁青。

"等等！"加贺说道。

"你拦不住我。"康正连看都没看加贺一眼。

"这种复仇没有任何意义。"

"你不会明白我的感受。园子是我活下去的价值所在。"

"既然如此，"加贺凑上前去，"您就更不能犯下和园子小姐一样的错误了。"

"错误？"康正回望了加贺一眼，"园子犯了什么错？她没有对不起谁，也没做过任何坏事。"

加贺的脸瞬间痛苦地扭曲起来。他看了看佃润一和弓场佳世子，随后目光又回到康正身上。

"您知道他们两人为什么要杀园子小姐吗？"

"知道。因为园子阻碍了他们俩的好事。"

"园子小姐为什么会阻碍他们俩？就算他们背叛了园子小姐，法律上也没有规定不允许他们结合。"

"我不知道他们三人之间到底发生过什么，也没兴趣知道。"

"问题的关键就在这里。园子小姐在得知他们两人的关系后，曾经想过要找他们报仇。"

"找他们报仇？怎么报仇？"

"她打算揭露弓场佳世子的过去。"

"什么？"

康正看了一眼佳世子。她的脸痛苦地扭曲着。对于加贺接下来要说的话，她心中早有预料。同时，她也开始感受到听他人讲述自己过去的那种痛苦。

佃润一似乎也品尝到了和她一样的苦涩滋味。

"以前我也跟您说过，在被杀前一天，也就是星期二，园子小姐曾经蒙着脸出门。您猜她当时去哪儿了？"

"猜不出来。她去哪儿了？"

"录像带出租店。"

听到预料之外的答案，康正略显吃惊。"……她去干什么？"

"去租录像带。"加贺回答，"成人录像。"

"我可没工夫听你开玩笑。"

"我没开玩笑，令妹确实去租了那种东西。"

"那你又是怎么知道的？"

"令妹亡故后，曾经有几份广告寄到这里，其中就有色情录像带的邮购广告。我并不清楚您是否了解，这种信一般都会寄给曾经在录像带店里租过成人录像带的人。我顺藤摸瓜，到附近的几家录像带店转了一圈，发现了园子小姐去的那家店。很少有女人来租那种录像带，所以店员对她印象很深，借的录像带的片名也留有记录。那是一部很老的片子，据店员说，里边的女演员只出演过这一部片子。我当时想，或许这事会跟主演这部片子的女演员有什么关联，就把其中一部分打印出来，并且调查了片子拍摄时园子小姐的交友关系，结果我找到了她。"说着，加贺指了指卧室里的女人。

佳世子紧闭双眼，想把自己和外界隔离开来。此刻她或许正为自己年少轻狂和为了钱不择手段的过去追悔莫及。

"当我和园子提出分手时，园子把佳世子的过去告诉了我，说佳世子那样的女人配不上我。"润一耷拉着脑袋说道，"当时我很震惊，但后来我觉得，过去的事情就让它过去好了，不要再提。听我这么说，园子就威胁我，说如果我敢和佳世子结婚，她就把那盒录像带寄给我的父母……同时还要公开这事。"

"你撒谎！园子不会说这种话！"

"我说的是真话。她还跑去威胁佳世子，说如果佳世子再缠着我，她就把佳世子当年的那些丑事全都抖给我听。当时她早已看穿我在佳世子面前并没提过那件事。"

"你胡说！"

"和泉先生，"加贺说道，"您应该知道园子小姐打算找邻居借摄像机的事吧？摄像机不光能用于摄像，也可以当录像机使。她找邻居借摄像机，目的就是要翻录那盒带子。"

"但最后她还是没借。"

"对。到了最后关头，园子小姐觉察到，她这样做只会贬低自己的价值。"加贺捡起脚边的便笺,"这封信里也写了,'就算我把灵魂出卖给恶魔,使得你们两人无法幸福地走到一起,到头来,我也依旧一无所得,只剩下一具抛弃了人性自尊的空壳。'如果您现在摁下开关,那您也就把灵魂出卖给恶魔了。这样无法解决任何事情。"

加贺的话语化作一阵回响,在屋里回荡。

康正盯着双手。两个开关已经被他手心里的汗水打湿。

他再次高举开关。佃润一和弓场佳世子四只充血的眼睛全都盯着开关。此刻的他们甚至连话都说不出来了。

过了一会儿,康正扔下其中一个开关。剩下的开关连接着凶手的身体。

"和泉先生!"加贺高声喊道。

康正盯着加贺,又凝视凶手的脸。他把手指放到开关上。

凶手凄惨地大喊起来。另一个人也发出悲鸣。

感觉到加贺朝自己扑来,康正摁下开关。

康正被压倒在地上。开关离开了他的手,却已经处于开启状态。

加贺扭头看了看凶手。

但是……

什么事也没发生。谁都没死。凶手精神恍惚,呆滞无神的目光在半空中来回飘荡。

看到凶手安然无恙,加贺再次看向康正。

"那开关根本就没接上。"康正面无表情地说完,缓缓起身。或许是同一个姿势保持得太久,他的膝盖咔嗒轻响了一声。

加贺绷着嘴看了看康正,低下头说:"谢谢。"

"之后的事就拜托你了。"

两个男人在狭小的屋里擦肩而过。

康正穿上自己的鞋子，打开房门，走到门外。风让他一时睁不开眼。

他想起了园子。但他深爱的妹妹的脸庞始终无法浮现在脑海中。

过了一会儿，加贺从屋内走了出来。

"我已经通知警察局了。有关门链的事，您能告诉我们实情吗？"

"嗯。"康正点头，"你觉得我会杀凶手吗？"

"这问题可真不好回答。"加贺一笑，"我相信您。这是我的真心话。"

"那我就当你说的是真话好了。"

我之所以没把开关接上——

康正心想，如果告诉加贺原因是想再约他一起喝酒，他会露出怎样的表情呢？这一想象令康正稍稍放松下来。

"我感觉自己做了件毫无意义的事。"

"这话什么意思？"

"他们两人中的一个杀了园子。或许，我只需要知道这一点就足够了。"

加贺什么也没说，而是指了指远方的天空。

"西边的天色暗下来了。"

"或许，一场暴雨即将到来。"

康正抬头仰望天空，努力不让眼泪掉下来。

图书在版编目（CIP）数据

谁杀了她／（日）东野圭吾著；袁斌译．——北京：
北京十月文艺出版社，2018.6（2025.4重印）
ISBN 978-7-5302-1818-1

Ⅰ.①谁… Ⅱ.①东… ②袁… Ⅲ.①侦探小说－日本－现代 Ⅳ.①I313.45

中国版本图书馆CIP数据核字（2018）第079574号

著作权合同登记号 图字：01-2018-1931

DOCHIRAKA GA KANOJYO O KOROSHITA
© Keigo HIGASHINO 1999
Original Japanese edition published by KODANSHA LTD.
Publication rights for Simplified Chinese character edition arranged with
KODANSHA LTD. through KODANSHA BEIJING CULTURE LTD. Beijing, China.
All rights reserved.

谁杀了她
SHEI SHA LE TA
〔日〕东野圭吾 著
袁斌 译

出　　版	北京出版集团
	北京十月文艺出版社
地　　址	北京北三环中路6号
邮　　编	100120
网　　址	www.bph.com.cn
发　　行	新经典发行有限公司
	电话 (010)68423599
经　　销	新华书店
印　　刷	北京盛通印刷股份有限公司
版　　次	2018年6月第1版
印　　次	2025年4月第54次印刷
开　　本	850毫米×1168毫米　1/32
印　　张	8
字　　数	175千字
书　　号	ISBN 978-7-5302-1818-1
定　　价	49.50元

质量监督电话 010-58572393
如有印装质量问题，由本社负责调换。

版权所有，未经书面许可，不得转载、复制、翻印，违者必究。